예지몽

예지몽

초판 1쇄 펴낸 날 2009년 4월 1일 **23쇄** 펴낸 날 2024년 8월 26일
지은이 히가시노 게이고 **옮긴이** 양억관 **펴낸이** 박설림 **펴낸곳** 도서출판 재인 **디자인** 오필민
등록 2003. 7. 2 제300-2003-119 **주소** 서울시 강남구 도곡동 467-6 대림아크로텔 1812호
전화 02-571-6858 **팩스** 02-571-6857

ISBN 978-89-90982-31-5 03830

책값은 뒤표지에 있습니다. 잘못된 책은 바꿔 드립니다.

예지몽

히가시노 게이고 소설

양억관 옮김

재인

1장

꿈에서 본 소녀

1

높은 벽돌담이 저택의 주위를 빙 둘러 있지만 그걸 넘는 건 아무 문제도 아니었다. 남자는 차를 타고 왔다. 집에서 사용하는 경트럭이다. 짐칸에 오르니 가볍게 담에 발을 걸칠 수 있었다. 그렇게 안으로 뛰어내렸다.

넓은 부지에 큰 저택이었다. 남자는 저택의 내부 구조에 대해서는 아무것도 몰랐다. 오로지 레이미의 방이 어디인가를 알 따름이다. 그러나 그것으로 충분했다.

저택의 불은 모두 꺼져 있었다. 불이라고는 정원에 켜진 희미한 조명등 하나뿐이다. 그 희미한 불빛을 피하며 남자는 움직였다. 저택의 남쪽으로 나아갔다. 거기에도 정원이 있었다. 잔디밭 한구석에는 골프 연습을 위한 네트가 설치되어 있었다. 저택의 주인이 골프를 좋아하는 모양이라고 생각했다. 그 주인이 바로 레이미의 아버지다.

벽에는 붙박이 선반이 달려 있었다. 높은 선반이었다. 스키도 가볍게 들어갈 것 같았다.

남자는 그 선반 옆에 서서 저택을 올려다보았다. 바로 위는 발코니였다. 남자는 속으로 외쳤다. 저기까지만 가면 레이미를 만날 수 있다.

선반 위에 두 손을 걸치고 반동을 이용해 몸을 위로 끌어올렸다. 발을 걸고 지붕으로 올랐다. 금속이 삐걱대는 소리가 났지만 다행히 그리 크지는 않았다.

지붕 위에 서자 발코니가 바로 눈앞이었다. 남자는 두근거리는 가슴을 억누르기 힘들었다. 저 창 너머에서 레이미는 지금 무얼 하고 있을까.

남자는 발코니의 난간을 잡았다. 원숭이처럼 거기에 매달려 빗물받이에 발을 올리기도 하며 겨우 발코니 위로 올라갔다. 그는 기계 체조를 한 적이 있었다. 정말 오랜만에 그 경험이 큰 도움을 주었다.

방 쪽을 향해 섰다. 커튼이 쳐져 있었다.

남자는 창에 손을 댔다. 옆으로 힘을 넣자 가볍게 스르르 열렸다. 그는 안도의 한숨을 내쉬었다. 레이미, 역시 너는 나를 기다리고 있었구나.

창을 몇십 센티미터 정도 연 다음 그는 신발을 벗고 커튼을 젖히며 안으로 들어갔다. 카펫의 감촉이 양말을 통해 전해져 왔다. 그것만으로 그는 감동하고 말았다. 마침내 레이미의 방에 온 것이다.

그는 실내를 둘러보았다. 다섯 평 정도나 될까. 책장, 라이팅 뷰로(뚜껑 달린 책상—옮긴이), 업라이트 피아노 같은 것이

어둠 속에서 보인다.

이윽고 그의 눈길이 세미더블 침대에서 멈추었다. 그 위에서는 그가 오매불망 꿈꾸었던 아가씨가 부드러운 이불에 감싸인 채 잠들어 있었다.

혹시, 그는 생각했다.

사실은 잠들지 않은 건지도 몰라. 이미 내가 온 것을 알고 있지 않을까. 알면서 잠든 척하고 있는 건지도 모르잖아.

그는 한 걸음 두 걸음 침대 곁으로 다가갔다. 꽃향기가 피어났다. 황홀했다. 마침내 고귀한 존재의 곁에 이르렀다는 실감이 솟구쳐 올랐다.

레이미는 눈을 감고 있었다. 얼마나 아름다운 모습인가. 어둠 속에서도 밝게 빛나는 고운 자태. 그의 마음은 가늘게 떨리고 있었다.

오른손을 앞으로 내밀었다. 그녀의 볼을 만지려 했다. 그렇게 하면 모든 것이 시작된다고 믿었다. 그녀는 눈을 뜨고 그를 바라보며 방긋 웃을 것이다. 당신, 정말 와 주었군요.

손가락이 막 레이미의 볼에 닿으려는 찰나였다. 공기가 움직이는 것 같았다. 그는 뒤를 돌아보았다. 문이 열리고, 누군가가 서 있었다.

"레이미에게서 물러나지 못해!"

격한 어투였다. 손에 뭔가를 들고 있었다. 검게 빛나는 긴

총신이 그의 눈을 파고들었다.

그는 깜짝 놀라 침대에서 벗어났다. 상대가 총을 드는 것이 보였다.

그는 발코니로 뛰쳐나갔다. 그리고 선반 쪽으로 몸을 던졌다. 거의 동시에 총성이 울리고 그의 등 뒤 유리창이 부서졌다.

유리 파편을 뒤집어쓰면서 그는 마음속으로 외쳤다. 레이미, 왜?

2

담배를 물고 성냥으로 불을 붙였다. 타 버린 성냥개비를 재떨이에 버리려다가 손길을 멈추었다. 재떨이에는 피우다만 담배가 하나 놓여 있었다. 아직 1센티미터 정도밖에 타지 않았다. 1분쯤 전에 자신이 놓아둔 것임을 구사나기는 깨달았다.

옆에 앉은 마키다가 웃었다.

"구사나기 선배, 많이 피곤한 모양입니다."

구사나기는 재떨이에 있는 담배를 비벼 껐다.

"몸은 별로 피곤하지 않아. 그냥 마음이 내키지가 않아. 도대체 내가 뭘 하고 있는지 모르겠단 말이야. 일을 할 때는 조금이라도 무슨 의미가 있어야 하는 거 아니야?"

"그건 나도 마찬가집니다."

마키다는 커피잔을 입으로 가져갔다.

"그렇지만 이것도 일이니까요."

"좋겠네. 사람 다 됐어. 내 입에서는 절대로 나올 수 없는 대사야."

"그런가요?"

"좋은 거 하나 가르쳐 주지."

구사나기는 마키다 쪽으로 얼굴을 바싹 들이댔다.

"자네가 아직도 사람다워 보이는 건 형사 경력이 얼마 안 되었기 때문이야. 이런 일을 오래 하다 보면 점점 인간적인 것이 사라져 버려. 우리 계장을 보면 알지."

마키다가 풋, 웃음을 터뜨렸다.

"구사나기 선배도 꽤 망가졌다는 말입니까?"

"물론 엄청 망가졌지. 빨리 다른 부서로 옮기지 않으면 사회 복귀가 불가능해지고 말 거야."

웨이트리스가 지나가는 것을 보고 구사나기는 물 한 잔을 시켰다. 웨이트리스는 좀 의아하다는 표정을 지었다. 커피에는 손도 대지 않고 물만 마시기 때문이다.

커피잔이 비지 않는 이상 아무리 오래 죽치고 있어도 절대로 쫓겨나지 않는다는 것이 그의 지론이다. 앞으로 나타날 상대에 따라서는 그럴 필요성이 있을지도 모른다고 생각했다.

"아, 저 사람 아닌가요?"

커피숍 입구를 가리키며 마키다가 말했다.

폴로셔츠에 청바지 차림의 남자가 막 들어서고 있었다. 옆구리에 가방을 끼고 있다. 스물일곱이라는 나이에 비해 안정감 있어 보이는 것은 칠 대 삼으로 가른 머리 때문일 것이다.

남자는 커피숍 안을 둘러보다가 구사나기 쪽에서 시선을 딱 멈추었다. 그들 말고는 형사로 보일 만한 손님이 없었다. 가족과 연인, 그리고 고등학생 그룹이 자리를 잡고 있을 뿐이었다.

"나카모토 씨, 아니세요?"

다가오는 남자에게 구사나기가 물었다.

예, 남자는 고개를 끄덕였다. 긴장한 듯이 보이는 것은 상대가 형사이기 때문일 것이다.

"전화드린 구사나기입니다. 이쪽은 동료 형사 마키다고요. 소중한 시간을 내주셔서 정말 감사합니다."

구사나기는 일어서서 머리를 숙이며 말했다. 오늘은 토요일이다.

"아닙니다. 마침 외출할 일도 있고 해서요."

그렇게 말하고 나카모토는 자리에 앉았다. 웨이트리스가

다가오자 그는 커피를 시켰다.

"골프 연습이라도?"

구사나기가 묻자 나카모토는 허를 찔린 듯한 표정을 지었다.

"어떻게 아셨습니까?"

"왼손입니다. 오른손은 새카맣게 그을었는데 그쪽은 하얗지 않습니까? 아주 열심히 하시는 모양입니다."

"아, 이것 말이로군요. 여동생은 정말 꼴불견이라고 말합니다."

나카모토는 왼손을 테이블 아래로 숨기고 겸연쩍게 웃었다. 긴장도 많이 풀린 것 같았다.

"우리를 만나는 걸 가족은?"

"말하지 않았습니다. 옛날 동창생이 저지른 사건 때문에 형사를 만난다고 하면 괜히 걱정할 것 같아서 말입니다."

"그럴지도 모르지요."

구사나기는 고개를 끄덕였다.

"전화로 말씀드렸듯이 나카모토 씨에게 절대로 폐를 끼치지는 않을 겁니다. 우리에게 그걸 보여 주시기만 하면 됩니다."

"예, 그러지요. 가지고 왔습니다."

나카모토는 가방을 무릎 위에 올렸다. 그리고 그 안에서 사인첩 하나를 꺼내 테이블 위에 올려놓았다.

"자, 보시지요. 거기에 쪽지를 붙여 놓았습니다."

"감사합니다. 그럼 보겠습니다."

구사나기는 사인첩을 집어 들었다.

체크 문양이 그려진 딱딱한 표지의 오래된 사인첩이었다. 다른 페이지에 대해서도 흥미가 일었지만 우선 노란색 쪽지가 붙은 부분을 펼쳤다.

와우, 저도 모르게 탄성이 터져 나왔다.

"정말 멋진 그림이네요."

"그 친구, 그림을 잘 그리니까요."

나카모토가 말했다.

그 페이지에는 색연필로 그린 인형 그림이 있었다. 소녀 인형이었다. 갈색 머리에 눈이 파란 것이 서양인 소녀 같았다. 소매에 하얀 레이스가 달린 빨간 원피스를 입고 있었다. 구두도 빨갛다. 양말은 하얀색.

인형 옆에 사인펜으로 '중학교에 가서도 잘 지내자! 사카기 노부히코'라는 글이 적혀 있었다. 그러나 무엇보다 구사나기의 관심을 끈 것은 구석에 조그맣게 그려진, 우산을 함께 쓴 그림이었다. 우산 아래에는 사카기 노부히코라는 이름과 모리사키 레이미라는 이름이 나란히 적혀 있었다.

"있네요, 분명히."

구사나기는 테이블 위에 사인첩을 펼쳐 놓았다. 그리고 함께 쓴 우산 마크를 가리켰다.

"여기에."

"그렇죠."

나카모토는 웃으면서 대답했다. 복잡한 웃음이었다.

"나카모토 씨도 이 이름의 주인공이 누구인지 들은 적이 없다는 거죠?"

"미래의 연인이라고 했습니다. 누가 물어도 사카기는 그렇게밖에 대답하지 않았습니다. 주변에 이런 이름을 쓰는 사람도 없었고 애당초 모리사키라는 성도 들어 본 적이 없습니다. 그러니까 아무래도 그 친구가 마음대로 지어낸 이름이 아닐까 짐작했어요."

"이걸 그린 게 분명히 초등학교 6학년 때란 말이죠?"

"그렇습니다. 졸업할 즈음에 저희 반 친구들에게 부탁해서 받은 거니까요."

"그 후로 이 사인첩은 어떻게 보관했습니까?"

"벽장의 상자 속에 잠들어 있었지요. 이걸 찾느라 오랜만에 벽장 정리를 했습니다."

커피가 나왔다. 나카모토는 블랙커피를 맛있게 홀짝이며 마셨다.

"나카모토 씨가 용의자 사카기 씨와 친하게 지낸 것도 그즈음이었습니까?"

"친하다고 할 정도는 아니었어요. 초등학교 5, 6학년 때 같은 반이었을 뿐입니다. 중학교에서는 한 번도 같은 반을 하지 않았고요. 고등학교는 달랐기 때문에 중학교를 졸업한 이후로는 한 번도 만나지 못했습니다."

"그 이 년 동안의 기억 속에서 그는 어떤 아이였습니까?"

"기억이 잘 안 나네요. 미래의 연인에 대한 이야기는 묘하게 기억에 남아 있지만요. 간단히 말해 좀 특이한 놈이었어요. 친구들과 별로 어울리지 않는 성격이라 학교 외의 장소에서 만난 적도 없었습니다."

"왕따를 당했다든지 자폐증적인 성향이 있었다든지."

"글쎄요."

나카모토는 쓴웃음을 지었다.

"요즘식으로 말하자면 그럴지도 모르겠지만 당시에는 별로 그런 걸 의식하지 않았습니다."

고개를 끄덕일 수밖에 없었다.

구사나기는 마키다 쪽을 바라보았다. 물어볼 게 없느냐고 눈짓으로 물었다. 후배 형사는 고개를 젓더니 눈으로 대답했다. 여기서 뭘 더 물으라는 겁니까.

"저……."

나카모토가 입을 열었다.

"신문에서 보았는데, 그게 정말입니까? 사카기가 침입한 곳이 모리사키라는 성을 가진 사람의 집이고, 그 딸의 이름이."

"잠깐만요."

구사나기는 손바닥을 앞으로 내밀어 말을 막았다.

"여러 가지로 궁금한 게 많으실 테지만 수사가 끝날 때까지는 말할 수 없습니다."

"아, 그렇습니까."

나카모토는 머리를 긁적였다.

"이걸 좀 빌려도 될까요."

사인첩을 닫으며 구사나기가 물었다.

"예, 그러세요."

"고맙습니다. 확인한 다음 바로 돌려드리겠습니다."

"서두르지 않으셔도 됩니다. 당장 필요한 것도 아니고."

나카모토는 그렇게 말하고 다시 커피를 마셨다.

커피숍을 나서자 구사나기는 사인첩을 마키다에게 건네주었다.

"이걸 가지고 바로 수사본부로 가게. 사카기의 집에서 압수한 어린 시절의 노트나 메모의 필적과 대조해 봐. 하긴 내가 이런 말 하지 않아도 누군가가 지시할 테지만."

"구사나기 선배는 어디로?"

"잠깐 들를 데가 있어서."

"들러요? 계장이 뭐라고 할 텐데요."

마키다가 빙긋 웃으며 말했다.

"갈릴레오에게 갔다고 해. 그러면 입을 다물 테니까."

"아, 유가와 선생님."

마키다는 알았다는 듯 고개를 끄덕였다.

"알겠습니다."

"오늘도 과학 멍청이라고 놀리겠지. 어유, 지겹다, 지겨워."

"후배 형사가 기대하고 있다고 전해 주세요."

그렇게 말하고 마키다는 역 쪽으로 향했다.

3

일주일 전의 일이다. 세타가야에서 뺑소니 사고가 일어났다는 소식이 경시청으로 날아들었다. 그런데 자세히 조사해 보니 그것은 단순한 교통사고가 아니었다. 범인이 뺑소니 사고를 일으키기 직전에 근처의 한 저택에 침입했었다는 사실이 밝혀졌다.

모리사키라는 사람의 집이었다. 세대주인 수입품 판매 회사 사장 모리사키 다미오, 부인인 유미코, 외동딸인 여고생 레이미, 이렇게 세 가족이 사는 집이었다. 그런데 사건이 발생한 그날 밤, 모리사키 다미오는 싱가포르에 출장 중이었다.

유미코의 증언에 따르면 새벽 2시경에 무슨 소리가 나서 잠에서 깼다고 한다. 귀를 기울여 보니 누군가가 발코니에 있는 듯했다. 발코니는 2층에 있는 세 개의 방을 하나로 연결해 주는 공간이기도 하다. 부부의 침실에서 한 칸 건너 레이미의 방이 있다.

창문 열리는 소리를 듣고 그녀는 누군가가 딸의 방에 침입하려 한다는 것을 알았다. 그래서 망설임 없이 침대 아래로 손을 넣었다.

거기에는 숨겨 둔 엽총이 있었다.

엽총은 모리사키 다미오의 소유물이었다. 대학 시절 사격부에서 활동한 그는 졸업 후에도 수렵을 취미로 삼고 있었다.

물론 늘 침대 아래에 두는 것은 아니지만 다미오가 장기 출장 중일 때면 습관적으로 그렇게 한다. 만약의 경우에 대비해서 유미코는 가장 기본적인 사용법을 배웠다고 한다. 그녀는 남편의 지시를 충실히 따른 셈이다.

엽총을 들고 레이미의 방으로 들어갔더니 한 남자가 침대 곁에 서서 레이미에게 뭔가를 하려 하고 있었다. 유미코는 소리를 질렀다. 그 목소리에 놀랐는지 남자는 도망쳤다. 유미코는 엽총의 방아쇠를 당겼지만 남자는 벌써 발코니를 벗어나 있었다.

남자는 담 아래 세워 둔 경트럭을 타고 도망치다가 근처에 사는 사람을 치고 말았다

범인은 곧 체포되었다. 고토 구에 사는 사카기 노부히코라는, 스물일곱 살의 남자였다. 가업인 전기 공사업을 돕고 있다. 경트럭은 그 일을 하는 데 필요한 도구였다.

사카기는 요 두 달 동안 모리사키 레이미의 주변을 맴돌았다. 그래서 경찰이 혹시 마음에 걸리는 사람이 없느냐고 묻자 레이미는 곧장 그의 이름을 꺼냈다. 사카기의 주소는 금방 드러났다. 그녀에게 보낸 몇 통의 편지에 그의 주소가 적혀 있었기 때문이다. 대부분의 편지를 버렸지만 한 통 남겨 놓은 것이 수사진에게는 행운이었다.

형사 하나가 곧바로 사카기의 집으로 향했다. 사카기는 자기 방에 틀어박혀 있었다. 체념했는지 형사가 말을 꺼내자마자 그는 범행 일체를 자백했다.

간단한 사건이었다. 그 시점에서는 모두가 그렇게 생각했다.

구사나기가 차를 몰고 데이도 대학 정문을 통과한 것은 마키다와 헤어진 지 약 삼십 분 후였다. 주차장의 맨 구석에 차를 세우고 오래된 건물 안으로 들어섰다. 공학부 물리학과 건물이었다. 제13연구실은 삼 층에 있다.

계단을 걸어서 연구실로 다가가는데 어딘가에서 호령 같은

소리가 들렸다. 아무래도 그 소리는 오 예스, 오 예스, 라는 말 같았다. 바로 13연구실 쪽에서 들려오는 소리였다.

구사나기는 고개를 갸웃하면서 문을 두드렸다. 아무 대답이 없었다. 아마도 문 두드리는 소리를 듣지 못했을 것이다.

그는 문을 열었다. 눈앞에 믿기 힘든 광경이 펼쳐졌다. 연구실 안의 책상과 의자는 모두 벽 쪽으로 밀려가 있고 연구실 중앙에서 학생 여러 명이 줄다리기를 하고 있었다. 학생 수는 두 팀을 합해서 이십 명이 넘어 보였다.

유가와 마나부는 하얀 가운 차림으로 파이프 의자에 앉아 그런 학생들을 지켜보고 있었다.

구사나기가 지켜보는 가운데 오른쪽 팀이 이겼다. 힘든지 어깨를 들썩이며 숨을 몰아쉬는 학생도 있었다.

구사나기는 유가와의 어깨를 툭 쳤다. 젊은 조교수는 뒤를 돌아보며 하얀 이를 드러냈다.

"어, 왔어?"

"지금 뭘 하는데?"

"보면 알잖아. 줄다리기."

"그건 나도 알아. 여기서 왜?"

"간단한 물리 실험이야. 이름하여 줄다리기 필승법."

"에?"

"자……."

유가와는 팡팡, 손뼉을 치며 일어섰다.

"손님도 왔고 하니 다시 한 번 승부다. 모두 줄을 잡아 봐."

에, 또 해요, 학생들은 입속말로 투덜거리기도 하면서 밧줄 잡을 위치를 가늠한다.

유가와는 구사나기 쪽을 돌아보았다.

"우리 내기할까? 어느 쪽이 이길지 한번 맞혀 봐."

"이거 어려운 문제잖아."

"직관과 경험으로 결정해 보라니까."

"그럴까."

구사나기는 두 팀을 비교해 보았다. 체격도 거의 비슷해 보였다. 그래도 아까의 결과를 떠올리며 오른쪽 팀을 가리켰다.

"이쪽으로 하지."

"좋았어. 그럼 저편이 이기면 내가 모두에게 주스를 사지. 단, 지면 자네가 상대 팀에게 주스를 사."

"그래, 좋아."

"저 팀한테 충고할 말, 없어?"

"충고?"

"응. 예를 들면 다리를 넓게 벌리라든지 몸을 뒤로 젖히라든지."

"아, 그렇지."

구사나기는 학생들을 바라보며 생각했다. 옛날 운동회에서 줄다리기를 할 때 담임선생이 하던 말이 떠올랐다.

"이 게임의 가장 중요한 포인트는 허리를 낮추는 거야."

"와우, 허리를 낮춰야 한단 말이지."

유가와는 팔짱을 끼고 감탄하며 말한다.

"흠, 그렇다면 시범을 보여 줘 봐. 어느 정도 허리를 낮추면 되는지."

"어느 정도냐 하면, 그건 당연히 낮출 수 있는 만큼 최대한."

구사나기는 엉덩이가 바닥에 닿을락 말락 할 정도로 허리를 낮추고 밧줄을 당기는 시늉을 했다.

"설명은 잘 들었을 테지, 여러분. 지금 이 사람이 보여 준 대로 줄을 당겨. 이 소중한 충고를 절대 잊지 말도록. 자, 허리를 낮추고 줄을 당겨."

유가와의 말이 떨어지자 오른쪽 팀 선수들은 쓴웃음을 지으면서 시키는 대로 허리를 낮추었다. 왠지 실망스러운 표정이었다.

"다른 한 팀에게는 충고할 거 없어?"

유가와가 물었다.

"별로 없어. 하고 싶은 대로 하면 되지, 뭐."

"그럼 아까 자네가 말한 것과 반대되는 자세로 해 볼까."

유가와는 왼쪽 팀에게는 약간 허리를 높이라고 했다. 구사나기의 눈에는 불안정한 자세로 보였다. 이러면 승부는 뻔하다고 생각했다.

"좋아, 그럼 시합을 시작한다. 양 팀 모두 준비…… 원, 투, 스리, 스타트!"

유가와의 구령과 함께 시합이 시작되었다. 두 팀 다 있는 힘을 다한다. 그런데 예상 밖으로 오른쪽 팀이 앞으로 질질 끌려가는 것이 아닌가.

"허리를 낮춰, 허리를 낮추라니까!"

구사나기가 큰 소리로 지시를 내렸다.

그러나 허망하게도 오른쪽 팀이 지고 말았다.

유가와가 돌아보며 웃었다.

"주스, 잊으면 안 돼."

"자네가 미리 지시해 둔 거 아냐, 일부러 지라고?"

"그런 것 같아?"

"아냐?"

"한 가지 묻겠는데, 왜 허리를 낮춰야 한다고 생각했지?"

"그야 자세가 안정되니까, 힘을 넣어 당길 수 있고."

그러나 유가와는 고개를 저었다.

"그 반대야. 줄다리기는 자세가 높은 게 힘을 넣기가 더 좋아."

"설마."

"생각해 봐. 높은 곳에 있는 것을 끌어당길 때보다 낮은 곳에 있는 것을 끌어당길 때 발이 지면에 더 세게 붙어. 전문 용어로 수직 항력이 늘어난다고 하지. 그 결과 마찰력이 커져. 즉, 힘을 많이 넣을 수 있다는 거야. 상대의 높이가 일정하다면 이쪽 자세를 높이는 쪽이 유리해."

알았느냐고, 유가와는 눈짓으로 물었다.

구사나기는 머릿속에서 그가 한 말을 되새겨 보았다. 그러나 머리만 아플 뿐이었다. 그는 고개를 천천히 저었다.

"나는 이제 운동회 같은 데 나갈 일도 없어."

유가와는 소리 없이 웃었다. 구사나기의 어깨를 툭 치고 학생들 쪽을 돌아보았다.

"방을 정리해 줘. 나는 이 친구와 잠시 물리학 논쟁을 벌여야 하니까."

4

"그리 심각한 사건이 아닐지도 몰라. 범인도 잡혔고 자백도 받았지. 증거도 있어. 필요한 건 모두 갖추어진 셈이야."

옥상의 철망에 몸을 기대고 구사나기가 말했다.

“그럼 아무 문제도 없네, 뭐. 이렇게 완벽하게 해결된 사건도 드물지 않아? 그냥 행운을 즐기면 되겠네.”

유가와는 구석에 놓인 연식 테니스공을 벽을 향해 라켓으로 치기 시작했다. 배드민턴부의 에이스답게 라켓을 휘두르는 동작이 아주 부드럽다. 테니스공은 벽의 중앙 한 지점을 정확히 맞고 있었다.

“그런데 한 가지 마음에 걸리는 게 있어.”

“뭔데?”

“동기야.”

“동기?”

유가와는 라켓을 멈추었다. 되돌아온 공이 그냥 굴러갔다.

“모르겠어, 나는. 왜 동기가 문제가 되는지. 범인의 목적은 동경하는 여자를 상대로 하여 성욕을 충족시키려는 것이었다, 그러면 됐잖아.”

“그건 그렇지만 범인이 왜 그 여자를 노렸느냐가 문제야. 그 여자 이름은 모리사키 레이미였어.”

“이름에 무슨 의미가 있다고.”

“아냐, 이번 사건에서 그 이름은 아주 중요해. 범인 사카기 노부히코는 요 두 달 동안 모리사키 레이미의 주변을 맴돌았는데, 그 이유가 바로 그녀의 이름이었어.”

“옛날에 차인 여자와 이름이 같았나?”

"감각이 제법인데. 그러나 조금 달라. 범인 사카기 노부히코는 이렇게 말했어. 그녀와 자신은 하나가 될 운명이라고. 그건 십칠 년 전에 정해진 일이라고."

구사나기의 말에 유가와는 입을 크게 벌리며 웃었다.

"옛날에 그런 대사가 꽤 유행했던 적이 있었지. 그대와 나는 하나가 될 운명이라는 거. 절대로 거역할 수 없는 운명이라고 말이야. 요즘 세상에 그런 구식 대사를 읊는 인간이 있다니."

"나도 처음에는 웃었지. 그렇지만 놈의 이야기를 듣는 사이에 마냥 웃을 수만은 없게 됐어."

구사나기는 상의 호주머니에서 사진 한 장을 꺼내 그것을 유가와 쪽으로 내밀었다.

"뭔데, 이게?"

유가와는 사진을 보고 미간을 찌푸렸다.

"작문의 한 부분이네."

"사카기가 초등학교 4학년 때 쓴 거라고 해. 제목은 '나의 꿈'. 내용은 미래에 자신이 결혼할 여자 꿈을 꾸었다는 것이야. 그리고 그녀의 이름은 모리사키 레이미. 사진을 자세히 봐. 모리사키 레이미라고 적혀 있을 거야."

"응, 그렇게 적혀 있네."

유가와는 고개를 끄덕였다. 그 얼굴에서 웃음이 사라졌다.

"가족에게도 확인해 본 결과 본인이 늘 그런 말을 했다고 해. 어린 시절부터 줄곧 언젠가 모리사키 레이미라는 여자와 만나 결혼할 것이라고. 그것을 뒷받침하는 건 이 작문 말고도 여러 가지가 있어. 아까 초등학교 시절의 동급생을 만났는데, 사카기 말이 거짓이 아니라는 거야."

구사나기는 사인첩 이야기도 해 주었다. 유가와는 라켓을 든 채 팔짱을 꼈다.

"스물일곱 살까지 그런 꿈을 간직했다니, 좀 특이하군. 게다가 정말로 똑같은 이름을 가진 사람을 만났다니 참."

"아주 사소한 계기로 모리사키 레이미라는 여고생이 있다는 것을 안 모양이야. 그 이후로는 아무도 말릴 수 없었다고 해. 전화를 걸고 편지를 쓰고 등하교 때 숨어서 기다리고. 모리사키 레이미는 너무 무서워서 최근에는 외출도 못했다더군."

"스토커라는 얘기네."

"어떤 타입의 인간은 자신이 미움받고 있다는 걸 자각하지 못하니까. 사카기 말로는, 그녀는 아직 어리니까 어른이 될 때까지 자신이 지켜 줄 생각이었대."

유가와는 어이가 없다는 듯 고개를 저었다.

"서로에게 참으로 불행한 우연이군."

"문제는 바로 그거야. 세상에 그런 우연이 있다고 생각해?"

"어린 시절 꿈에서 보았던 이름을 가진 여자와 십칠 년 후에 만나는 그런 우연?"

"그래."

"있을 테지."

유가와는 주저 없이 말했다.

"사실이 바로 눈앞에 있으니까 인정할 수밖에."

"그렇지만 모리사키 레이미야. 그 이름이 야마모토 요시코라면 우연으로 치부할 수 있겠지만, 모리사키 레이미야. 있을 수 있다고 생각해?"

"우연이 아니라면 뭔데?"

"몰라. 그래서 고민이야."

"어이, 설마 그 수수께끼를 나더러 풀어 보란 말은 아니겠지?"

"설마 했더니 역시라는 말도 있잖아."

구사나기가 유가와의 어깨에 손을 올렸다. 짐짓 심각한 눈길로 그의 얼굴을 보았다.

"우리 형사들은 이런 종류의 이야기에 약해. 부탁이야, 머리를 좀 빌려 줘."

"나도 그런 데는 약해."

"그렇지만 지난번에 유체 이탈의 수수께끼도 풀었잖아. 그런 방법으로 한번 해 봐."

"그건 물리 현상이었어. 이번에는 심리 수수께끼잖아. 분야가 달라."

"그런 예지몽 같은 걸 믿어? 그건 자네답지 않은 생각인데."

"그런 걸 믿는다는 말은 하지 않았어. 단순한 우연이라고 했을 뿐이야."

"우연이라기에는 너무 공교롭다니까."

"그럼 우연이라 안 좋은 거라도 있어?"

"안 좋은 거야 없지만 우연이라고 하면 아주 골치 아픈 문제가 생겨."

"그건 또 무슨 말이야?"

"첫째, 매스컴이 문제야. 꿈의 예언이라는 둥 윤회라는 둥 말도 안 되는 신비주의의 이야깃거리로 삼을 게 뻔하니까. 사실 벌써 냄새를 맡아 버렸어. 곧 텔레비전에 나올 거야."

"그거 재미있네."

그렇게 재미있지만은 않다는 표정으로 유가와가 말했다.

"둘째, 재판과 관련이 있어. 이대로 가다가는 그놈의 변호사가 정신 이상을 내세울 게 뻔해."

"그럴 테지."

유가와가 고개를 끄덕였다.

"내가 변호사라도 그렇게 하겠는걸. 지금까지 들은 바로는 거의 정신 이상이라고 보아도 될 것 같아."

"그렇지만 어떤 의도나 조작이 있다면 어떻게 될까. 단순히 정신 이상으로 정리할 수 없을지도 몰라."

"의도나 조작?"

"그러니까 그걸 좀 생각해 달라는 거야."

구사나기의 말에 유가와는 쓴웃음을 지었다. 연식 테니스 라켓으로 허공을 한 번 휘젓더니, 갑자기 무슨 생각이라도 떠오른 듯 구사나기를 바라보았다.

"우연이 아니라면 필연이겠지. 그 사카기라는 남자가 십칠 년 전에 모리사키 레이미라는 이름을 알았다는 것은 그즈음에 그 아이를 봤다는 거겠지."

"그건 우리 형사들도 생각한 내용이야. 그렇지만 있을 수 없어. 모리사키 레이미는 현재 열여섯 살이니까. 그때는 아직 태어나지도 않았어. 그리고 사카기와 모리사키 집안은 아무 접점이 없어. 열 살밖에 안 된 사카기가 모리사키가 사는 세타가야에 갈 일이 없었을 테니까."

"그럴 가능성이 없다면 난 손 들었어."

유가와는 라켓을 잡은 채 두 손을 번쩍 치켜들었다.

"자네가 그렇게 말하면 나도 방법이 없지, 뭐."

구사나기가 머리카락 사이에 손가락을 집어넣고 마구 긁었다.

"역시 우연인가. 놈은 단순한 망상증 환자이고. 초대상도 있었다고 하는 걸 보면."

"초대장? 뭔데, 그건?"

"사카기는 그날 밤, 모리사키 레이미의 초대를 받았다는 거야. 방에서 기다리고 있을 테니 와 달라는 편지를 받았다는 거지. 물론 레이미는 그런 편지를 보내지 않았다고 하고."

"흠……."

유가와는 철망으로 다가가 고개를 치켜들고 먼 곳을 바라보았다. 물론 유가와의 머릿속에서는 지금 수많은 생각이 오가고 있음에 분명했다.

이윽고 그는 구사나기 쪽을 돌아보았다.

"일단 같이 쓴 우산을 그린 그 사인첩을 봐야겠어."

"계장에게 연락해 둘게."

구사나기는 힘차게 대답했다.

5

사인첩을 덮고 유가와는 한숨을 내쉬었다. 오른손으로 턱을 괴고 왼손 검지로 책상을 통통, 두드렸다. 그의 앞에는 사카기의 노트, 작문, 수첩 따위가 놓여 있었다. 그 모든 것에는 모리사키 레이미라는 이름이 한 번 이상 적혀 있었다.

세타가야 경찰서의 회의실이었다. 사카기 노부히코의 '예지몽'에 관련된 모든 자료가 모여 있는 곳이기도 하다. 이 방에 들어오는 사람은 마키다와 구사나기 정도. 다른 형사들은 벌써 해결된 사건으로 여겼고 애당초 예지몽에 대해서는 관심이 없었다. 민간인 유가와가 들어오는 데 별다른 반감을 보이지 않은 것도 그런 이유에서였다.

"어떻게 생각해?"

구사나기가 물었다.

"이상해."

유가와가 대답했다.

"이건 정말 이상해."

"역시 우연이라고 봐야 하는 건가."

"아니, 그게 아닐 거야. 이 자료를 들여다보는 사이에 우연이라는 생각을 버리게 됐어. 가공의 인물에 대해 이렇게 집착할 수 있다는 것 자체도 흔치 않은 일인데, 그런 동성동명의 인물이 존재한다는 건 더더욱 이상해."

"그렇지만 설명이 불가능하잖아."

"현재로서는."

유가와는 책상 위를 다시 한 번 휙 둘러보았다.

"질문이 있는데, 모리사키 레이미라는 이름은 어디서 온 건가?"

"사카기는 그 이름을 꿈속에서 보았다고 해."

"그게 아니라 실제 인물 말이야. 레이미라고 이름을 지은 사람은 아버지인가?"

"아니, 어머니라고 해."

"분명해?"

"확실해, 그건. 사카기한테서 예지몽에 관해 듣고 나서 곧바로 모리사키의 집으로 가서 여러 가지를 물어보았지. 이름의 유래에 대해서도 그때 들었어."

구사나기가 모리사키 집을 찾아갔을 때, 남편 다미오는 집에 있었다. 사건에 대해 전해 듣고 서둘러 귀국했던 것이다. 다미오는 시종 험악한 표정으로 범인을 극형에 처해야 한다고 목소리를 높였다.

구사나기는 모리사키 부부와 레이미에게 사카기의 예지몽에 대해 이야기하고, 뭔가 떠오르는 게 없느냐고 물어보았다. 이마까지 벌겋게 달아오를 정도로 화가 난 다미오는 그것을 강하게 부정했다.

"예지몽이라니, 세상에 그런 말도 안 되는 소리를. 게다가 레이미와 관련된 꿈이라고? 자기 주제도 모르는 자식. 정상참작이라도 될까 싶어 순진한 척 연기를 하는 거요, 그건. 옛날 노트에 이름이 적혀 있다고? 그런 게 무슨 소용이야. 레이미를 알고 나서 적어 넣은 게 분명해."

다미오의 말이 틀리다는 것은 명백했다. 사카기가 십칠 년 전부터 모리사키 레이미라는 이름을 알고 있었다는 것은 여러 가지 객관적인 사실이 증명해 준다. 나카모토의 사인첩도 그 중 하나다.

구사나기는 모리사키 부부에게 레이미라는 이름을 누가 지었느냐고 물어보았다. 여기에 대해서는 유미코 부인이 대답했다.

"내가 병원 침대에서 생각한 거예요. 남자 앤 줄 알고 여자애 이름은 미리 생각해 두지 않았거든요."

유미코는 전형적인 일본 사람 얼굴에 여윈 몸매의 여자였다. 몸짓이나 말투가 품위 있고 연약해 보이기도 했다. 엽총을 든 모습을 상상하기 힘들 정도였다.

"이름을 지을 때 뭔가 참고한 게 없었나요? 예를 들면 성명학 책이라든지."

구사나기의 질문에 유미코는 고개를 가로저었다.

"그런 건 본 적이 없어요. 예의바르게 자라 달라는 뜻에서 레이미라고 지었을 뿐이에요."

"누구에게 의논을 했다거나."

"아닙니다. 남편이 저한테 맡긴다고 해서요."

"레이미, 좋은 이름 아닙니까? 나도 아주 마음에 들었어요."

다미오가 힘주어 말했다.

마지막으로 구사나기는 레이미에게 의견을 물었다. 레이미는 유미코와는 대조적으로 윤곽이 뚜렷한 얼굴형이었다. 눈도 커다라니 성장하면 대단한 미인이 될 것 같았다.

"대체 무슨 영문인지 모르겠어요. 어쨌든 너무 기분 나빠……. 이번 사건 때 제가 잠들어 있었던 게 다행이었던 것 같아요. 만일 중간에 눈이라도 떴더라면, 그 남자가 옆에 있다는 것을 알기라도 했더라면……. 생각만 해도 정말 소름 끼쳐요."

그녀는 정말 겁먹은 표정이었다. 몸을 부르르 떨기도 했다. 그런 딸의 손을 유미코가 꼭 잡아 주었다.

"도망치다가 사람을 치어 죽였잖아요? 그런 놈은 사형을 시켜야 합니다."

다미오가 다시 한 번 말했다.

"흠, 사건 때 본인은 잠들어 있었단 말이지."

구사나기의 말을 다 듣고 나서 유가와는 그렇게 운을 뗐다.

"어머니 유미코가 엽총을 쏘아 유리창을 깨뜨렸어. 그 소리에 놀라 잠에서 깼다는 거야. 무슨 일이 벌어졌는지 몰랐다고 해."

유가와는 팔짱을 낀 채 무슨 생각에 젖은 표정이었다. 그때 마키다가 들어왔다. 인스턴트커피 세 잔을 쟁반에 담아 들고서.

"좀 어떠세요?"

마키다가 부드러운 음성으로 물었다.

"갈릴레오 선생께서도 이번만큼은 두 손을 든 모양이야."

구사나기가 컵을 두 개 들어 그 중 하나를 유가와에게 내밀었다.

"초대장을 한번 볼 수 있을까? 범인이 레이미한테 받았다는 편지 말이야."

"아, 실물은 없지만 복사본이야 있지."

구사나기는 마구 흩어져 있는 자료 더미에서 파일 한 권을 꺼내 유가와 앞에 펼쳐 놓았다.

"바로 이거야."

"워드 프로세서로 쳤군."

"사건 전날 왔다는 게 사카기의 주장이야. 봉투도 남아 있고, 우표에 소인도 찍혀 있어. 발신인과 수신인 이름도 모두 워드 프로세서로 친 거야. 하지만 모리사키 레이미가 보냈다는 증거는 하나도 없어. 사카기가 자신의 손으로 작성해서 자신에게 보냈거나, 놈이 모리사키 레이미에게 집착한다는 것을 아는 제삼자의 악질적인 장난이거나."

"장난이라면 이해가 가지만, 자기가 자기한테 보낼 이유가 있을까?"

"모르지, 그건. 그놈이라면 그런 이상한 짓을 할 것 같기도 해."

유가와는 고개를 갸웃하더니 문장을 읽기 시작했다.

그 편지에는 다음과 같은 내용이 적혀 있었다.

사카기 노부히코 님

늘 저를 지켜봐 주셔서 고마워요. 그렇지만 당신의 마음에 답해 드리지 못해 정말 죄송해요.

차분히 얘기라도 나누고 싶어요. 하지만 바깥에서 만날 수는 없어요.

저의 방으로 와 주세요. 내일 밤, 창문을 열어 둘게요. 담은 가볍게 넘을 수 있을 거예요.

아무도 몰래 살짝 오세요. 아버지는 안 계시고, 어머니 혼자만 계세요.

레이미

유가와가 고개를 들었다.

"이 편지를 그대로 믿고 방으로 들어갔다는 것이 사카기의 주장이란 말이지?"

"그래. 정말 어이가 없지."

그러나 유가와는 아무 말 없이 종이컵에 든 커피를 마셨다. 안경 저 안쪽의 눈이 한 점을 응시하고 있다.

그 눈이 구사나기 쪽으로 움직였다.

"고토 구라고 했던가?"

"엉?"

"사카기의 집 말이야. 고토 구 맞아?"

"응, 맞아."

"좋아."

유가와가 자리에서 일어섰다.

"일단 가 보자고."

"에? 사카기 집으로? 지금?"

"이런 데서 고민해 봤자 답이 안 나와. 해답은 사카기의 어린 시절에 있을 거야."

그렇게 말하고 유가와는 구사나기의 얼굴을 바라보았다.

"나 같은 아마추어를 용의자 가족과 만나게 해 줄 수 없다는 건가? 그렇다면 그냥 돌아가지, 뭐. 나도 바쁜 몸이니까."

이 사내가 이런 말을 할 때는 분명 어떤 실마리를 잡았기 때문이라는 것을 구사나기는 경험으로 알고 있었다. 그는 고개를 끄덕였다.

"좋아. 상부에는 내가 말을 하지."

그리고 마키다를 바라보았다.

"내 차를 정문 앞으로 가져오게."

6

"1914년 어느 날, 발칸 반도의 한 사제가 꿈을 꾸었지. 자신의 서재 테이블에 검은 봉투의 편지가 놓여 있는 꿈이었어."

조수석에서 유가와가 이야기를 시작했다. 사카기 노부히코의 집으로 가는 도중이었다.

"그 편지는 오스트리아 · 헝가리 제국의 대공에게서 온 것인데, 내용은 자신과 아내는 사라예보에서 정치 범죄에 희생되었다는 것이었어. 다음 날 이 사제는 사라예보에서 대공 부부가 암살당했다는 소식을 듣게 되지."

뒷좌석에 앉은 마키다가 와, 하고 감탄사를 터뜨렸다.

"사실입니까, 그거."

"사실이라고 해. 자세한 것은 모르겠지만. 어쨌든 예지몽에 관련된 이야기는 옛날부터 굉장히 많았으니까. 그 대부분은 아마도 우연일 테지. 그렇지만 개중에는 우연이란 말로 정리해 버릴 수 없는 것들도 많아. 그리고 그것들은 대개 충분히 설명이 가능하지. 이를테면 방금 말한 사제의 이야기는 이런 식으로 해석할 수 있지 않을까. 국제 정세가 불안정한 가운데 사제는 대공 부부를 걱정하고 있었어. 마음 한구석에서 살해당할 가능성이 있다고 생각했던 거야. 그런 잠재적인 생각이 꿈으로 나타났다고."

"하하하, 그렇다면 이해가 가요."

"그러니까, 사카기가 모리사키 레이미라는 이름을 꿈에서 본 것은 뭔지는 모르지만 그 나름의 이유가 있었다는 건가?"

구사나기가 물었다.

"그렇다고 해야겠지."

"그렇지만 그걸 안다고 해서 무슨 도움이 될까?"

"그걸 알면 사건은 해결된 거나 다름없지 않을까? 물론 지금과는 전혀 다른 답이 나오겠지만."

"무슨 뜻?"

"그건 나중의 즐거움으로 남겨 둬."

유가와는 한쪽 볼을 실룩이면서 싱긋 웃었다.

사카기의 집은 가사이교 로에 면해 있었다. 삼 층 건물로 일 층이 사무실 겸 창고였다. 물론 지금은 문이 굳게 닫혀 있는 상태이다.

"정말 왜 그런 말을 하게 된 건지 우리도 잘 모르겠어요. 다른 사람에게 피해를 끼치는 것도 아니고, 또 이상한 여자에게 정신을 파는 것보다는 낫다는 생각이 들어 그냥 내버려 두었는데 설마 이런 일이 벌어지리라고는……. 도대체 무슨 말을 어떻게 해야 좋을지……."

사카기 노부히코의 어머니 도미코는 손수건으로 눈물을 훔치면서 그렇게 말했다. 사무실에서 구사나기 일행은 그녀와 마주 보고 앉아 있었다. 아버지는 사건 직후에 쓰러져서 지금까지 일어나지 못하고 있다고 했다. 노부히코의 누나 가나코가 아버지를 간호하기 위해 와 있었다.

"아드님이 모리사키 레이미라는 이름을 입에 담기 시작한 것이 초등학교 4학년 때부터였다고 하더군요. 그 당시 무슨 특별한 일 같은 건 없었습니까?"

유가와가 물었다. 구사나기는 그가 대학교수이면서 불가사의한 현상에 대해 연구하고 있다고 사카기 가족에게 미리 전해 두었다.

"글쎄요…… 특별한 건 없었던 것 같은데."

어머니는 고개를 갸우뚱했다.

"모리사키라는 성을 들어 본 기억은 없는지요. 이웃에 그런 사람이 살고 있었다든지."

"도무지 들어 본 기억이 없어요. 우리 손님 중에도 그런 성을 쓰는 사람이 없었고 이웃에도 없었던 것 같아요. 그러기에 노부히코가 대체 어디서 그런 성을 들어 알고 있는지 정말 알다가도 모를 일입니다."

"당시에 아드님은 주로 어디서 놀았지요? 자주 가던 가게라든지 친구 집이라든지 기억나는 것이 있습니까?"

유가와가 그렇게 물었지만 도미코는 미간을 찌푸린 채 고개만 갸웃할 따름이었다. 잊었다기보다는 생각을 떠올릴 만한 정신 상태가 아닌 것 같았다.

"그 당시의 아드님에 대해 알 만한 것이 없을까요? 일기라든지 앨범이라든지."

유가와의 질문에 조금 떨어진 곳에서 대화를 듣고 있던 가나코가 앨범이 있다고 말했다.

"좀 볼 수 있을까요?"

"그럼요. 잠깐만 기다려 주세요."

가나코가 계단을 올라갔다.

도미코는 무릎 위에서 손수건을 곱게 접었다. 손수건은 흠뻑 젖어 있었다.

"저……, 노부히코는 얼마나 무거운 벌을 받게 되나요?"

도미코는 고개를 푹 수그린 채 물었다.

"그건 아직 모릅니다. 가택 침입 정도는 별것 아니지만 그 후에 사람을 치고 도망친 것이 문제가 될 겁니다."

구사나기가 대답해 주었다.

아아, 도미코는 절망의 탄식을 뱉어 냈다.

"왜 그 아이가 그런 짓을……. 그렇게 착한 아이가."

범죄자의 가족은 다들 그렇게 말하지요, 라는 말을 구사나기는 삼켜 버렸다.

가나코가 위층에서 내려왔다. 손에 파란 겉표지의 앨범을 들고서.

"이거예요."

유가와는 앨범을 받아 들고 무릎 위에 펼쳤다. 구사나기도 옆에서 고개를 기울여 살펴본다. 첫 페이지에는 아기 사진이 있었다. 발가벗은 채 의자에 앉아 있는.

"초등학교 4학년이라면 이 부근일 텐데."

페이지를 넘기면서 유가와가 중얼거렸다.

"어느 때 사진인지 메모가 되어 있을 겁니다."

가나코가 말했다.

자세히 살펴보니 여기저기에 '노부히코 유치원 졸업식' 같은 메모가 적혀 있었다. 유가와는 '노부히코 초등학교 4학년'이라고 적힌 페이지를 펼쳤다. 운동회와 소풍 사진이 몇 장 붙어 있었다.

"특별히 의미가 있을 만한 것은 없는 것 같은데."

구사나기가 옆에서 말했다.

응, 하고 유가와는 떨떠름한 표정으로 고개를 끄덕였다.

"당시의 아드님을 가장 잘 아는 사람은 역시 친구겠지요?"

구사나기는 도미코와 가나코의 얼굴을 번갈아 바라보며 물었다.

"예…… 그렇지만 옛날부터 친한 친구가 없었던 것 같아요."

도미코가 대답했다.

"아, 그런가요?"

"예. 혼자서 놀기를 좋아하는 아이였으니까요."

그런 느낌이 든다는 생각을 하면서 구사나기는 혼자 고개를 끄덕였다.

그때였다. 유가와가 구사나기의 옆구리를 쿡 찔렀다.

"어이, 이거 좀 봐."

"뭔데?"

"이 사진 말이야."

유가와는 한 장의 사진을 손가락으로 가리켰다. 그 옆에는 '노부히코 2학년 때'라는 메모가 있었다.

"2학년이라고 되어 있는데."

"자세히 보라니까."

구사나기는 유가와의 손가락이 가리키는 곳을 자세히 보았다. 거기에는 길가에 서 있는 어린 노부히코가 있었다. 그리고 노부히코가 끌어안고 있는 것을 보고 구사나기는 눈을 화들짝 떴다.

"어, 이건."

"기억나?"

"물론 기억나지. 그 인형이잖아."

사인첩에 그려져 있던 인형이 분명했다. 그것이 사카기 노부히코가 실제로 가지고 있던 인형이었단 말인가. 그렇지만 사내애가 인형을 안고 있다니, 보기 드문 일이다.

"이게 무슨 추억을 간직한 물건이라도 되나요?"

유가와가 사카기 모녀에게 물었다.

"아, 그건 아마도."

가나코가 기억을 떠올린 것 같았다.

"노부히코가 어릴 때 어떤 사람이 주었다고 하면서 가지고 온 거였어요. 어머니도 기억나죠?"

"그런 일이 있었던가?"

도미코는 잊은 듯했다.

"지금도 있어요?"

유가와가 물었다.

"아뇨, 없습니다."

가나코는 단정적으로 말했다.

"어머니가 버렸어요. 재수 없는 물건이라고 하면서."

"내가 그랬어?"

"재수가 없다니, 그건 또 무슨 뜻이지요?"

유가와가 물었다.

"이 부근에서 어린 여자 애가 차에 치여 죽었거든요. 그 여자 애가 소중하게 간직하던 인형이었어요. 노부히코의 말로는 그 애랑 공원에서 자주 놀았다고 하는데, 그 애 아버지가 주었다고 했어요."

아아, 도미코가 고개를 끄덕였다.

"그러고 보니 그런 일이 있었어."

"그 여자 애 이름을 아세요?"

가나코가 고개를 저었다.

"기억이 안 나네요. 아마 처음부터 몰랐을 겁니다."

유가와는 고개를 끄덕이더니 뭔가를 깊이 생각하는 표정을 지었다. 그의 머릿속에서 어떤 사고가 급회전하고 있는지 구사나기로서는 알 길이 없었다. 이윽고 그가 고개를 들었다.

"감사합니다. 소중한 정보를 주셨습니다."

모녀를 향해 그렇게 말하고 유가와는 가자면서 구사나기를 재촉했다.

"인형의 주인을 찾아야겠어."

차로 돌아와서 유가와가 말했다.

"어떻게든 좀 찾아볼 수 없을까?"

"그거야 못 찾을 것도 없지. 과거의 교통사고 기록을 조사해 보면 되겠지. 그런데 왜? 설명 좀 해 봐."

"아직은 단언할 수 없지만 그 인형이 사카기의 예지몽과 관련되어 있지 않을까 싶어."

"죽은 여자 애의 영이 인형에 머물고 있다든지?"

마키다가 뒤에서 끼어들었다.

그러자 평소라면 그런 말에는 대답도 하지 않던 유가와가 진지한 표정으로 고개를 끄덕였다.

"그럴지도 몰라."

"어이, 좀 진지하게 말할 수 없어?"

"물론 진지하게 말하고 있어."

"이유도 모른 채 움직일 수야 없잖아. 교통사고 기록을 조사하려면 나름대로 설명을 해 줘야 하니까."

구사나기가 그렇게 말하자 유가와는 정면을 바라본 채 크게 숨을 들이쉬었다.

"억지로 해 달라는 말은 않겠어. 난 아무래도 좋으니까. 예지몽의 수수께끼가 풀리든 안 풀리든."

"거의 협박이로군."

"그럴 생각은 없어. 지금 단계에서는 나로서도 뭐라 말할 수 없는 형편이니까."

구사나기는 한숨을 내쉬었다. 지금, 이 사내의 두뇌를 빌리지 않고서는 헤쳐 나갈 길이 없다.

"알았어. 조사해 주면 될 거 아냐."

"아버지에 대해서도."

"아버지?"

"사카기 노부히코에게 인형을 준 사람은 사고를 당한 아이의 아버지라고 하지 않았던가?"

"그랬지."

구사나기는 차를 몰기 시작했다. 인형에게 영이 옮겨 붙었다는 이야기를 하면 상사들은 대체 어떤 표정을 지을까. 생각하면 두렵기도 하고 재미있기도 했다.

이틀 후, 구사나기는 전화로 유가와에게 말했다.

"인형의 주인을 알았어."

"아주 잘했다고 칭찬이라도 해 주고 싶지만, 생각해 보니 그건 마땅히 자네 일을 한 것뿐이야."

"맞는 말이긴 하지만 그리 간단한 일은 아니었어. 윗사람에게 설명하느라 진땀을 뺐지, 오래된 기록을 일일이 뒤졌지, 그게 보통 일인 줄 알아?"

"그 모든 게 자네를 위한 일인데 뭘. 그건 그렇고, 어땠어?"

"결론부터 말하면 헛다리짚었어."

"응, 어떻게?"

"여자 애의 이름은 사쿠라이 신코. 모리사키도 아니고 레이미도 아냐."

"그런가. 그것 참 애석하네."

유가와의 대답이 너무 산뜻했다.

"별로 애석해 하지도 않는 것 같은데."

"근거 없는 기대는 애당초 하지 않는다는 게 나의 가치관이니까. 그런데, 아버지는 조사해 봤어?"

"가볍게. 사고 당시 사카기 집 부근에 살고 있었지. 지금은 다른 곳에 살고 있고. 직업은 디자이너."

"디자이너? 양복?"

"아니, 일러스트나 책의 장정 같은 거."

"그렇다면 집에서 일을 하겠네."

"글쎄, 거기까지는 모르겠지만…… 그게 무슨 문제라도 돼?"

유가와는 대답하지 않았다. 수화기를 든 채 생각에 잠긴 것 같았다.

"어이, 유가와."

구사나기가 초조한 목소리로 불렀다.

"뭔가 보이기 시작했어."

이윽고 유가와가 말했다.

"보이기 시작하다니, 뭐가?"

"사건의 윤곽. 이제부터 구사나기 형사가 할 일은 하나."

"뭔데?"

"교통사고가 일어났던 당시의 일을 조사하는 것. 여자 애의 아버지가 어떤 생활을 했는지 가능한 한 자세히 조사해. 아마 모리사키 레이미라는 이름이 나올 거야."

너무 일방적으로 말하는 통에 구사나기는 뭐가 뭔지 도무지 알 수 없었다.

"어이, 너무 앞서 가지 말라니까. 자네 혼자만 고개를 끄덕이지 말고 보이기 시작했다는 그 윤곽을 내가 알아듣게 설명 좀 해 봐. 이건 경찰을 대표해서 하는 말이야."

거의 폭발할 것 같은 감정이 배인 그 말투에 유가와는 웃었다.

"자네의 그런 난폭한 말투, 오랜만에 들어 보니 꽤 재미있는걸. 좋아, 어디서 만나 천천히 이야기하지, 뭐. 내 말을 들은 다음에 조사를 할지 말지 결정하도록 해."

그러고는 진지한 목소리로 유가와는 말을 이었다.

"만일 내 추리가 맞는다면 사건의 구도가 완전히 뒤바뀌게 될 거야."

"아주 거창하게 나오시는군. 그렇게 놀랄 만한 이야기야?"

"놀라지 않고는 못 배길걸."

말투는 장난스러웠지만 목소리의 울림은 심각했다.

약 삼십 분 후, 구사나기는 데이도 대학에서 가까운 커피숍에서 유가와를 만났다. 맨 끝 테이블에서 물리학자는 형사에게 자신의 추리를 설명하기 시작했다.

그것은 참으로 놀라운 이야기였다.

7

구사나기가 문 앞에 섰을 때 마침 현관문이 열리면서 모리사키 유미코가 나왔다. 그녀는 형사의 얼굴을 알아차리고 당혹스러운 표정을 지었다. 구사나기는 가볍게 고개를 숙였다.

유미코는 주변을 살피면서 문 쪽으로 다가왔다.

"무슨 일로?"

"잠깐 물어 볼 게 있어서요. 혹시, 외출하십니까?"

"예, 쇼핑을 하러 갈 참이었어요."

"바쁘지 않으시면 시간 좀 내주시겠습니까?"

"그러죠."

유미코는 잠깐 망설이더니 웃음 띤 얼굴로 고개를 끄덕였다.

"알았습니다. 들어오세요. 거실이 좀 어지럽지만요."

실례합니다, 하고 구사나기는 머리를 숙이며 안으로 들어갔다.

어지럽다고 말했지만 가죽 소파가 놓인 거실은 청결했다. 모든 것이 제자리에 잘 정돈되어 있고 고급 장식품들도 자신의 존재를 주장하며 나름의 자리에서 빛을 발하고 있었다.

남편이 깔끔한 사람일 것이라고 구사나기는 추측했다. 모리사키 다미오는 분명 그런 타입일 것이다.

구사나기가 괜찮다고 완곡히 거절했음에도 유미코는 홍차와 과자를 내왔다. 어떤 상대이든 이렇게 예의를 갖추어야 마음이 편한 사람인지도 모른다.

구사나기는 홍차를 마셨다. 여태 마셔 본 적이 없는 홍차 같았다. 향기도 특별했다. 선택받은 사람만이 마실 수 있는 홍차라는 생각이 들었다.

맛있네요, 하고 그가 말했다.

"아, 그런데 알고 싶으시다는 게 뭔데요?"

구사나기는 자세를 고치고 홍차잔을 내려놓았다. 이제 홍차는 마시지 않을 것이라 생각하면서.

"사카기 노부히코의 집이 고토 구 기바라는 사실을 지난번에 제가 말씀드렸지요?"

"예."

"그때 나는 부인에게 그 부근에 가 본 적이 없느냐고 물었어요. 사카기가 따님 이름을 어린 시절부터 입에 담았다는 증언을 듣고 댁과 사카기 사이에 어떤 연관성이 있지 않을까 생각해서였습니다. 그렇지만 부인은 간 적이 없다고 단언했어요. 그렇죠?"

유미코는 입을 다문 채 가볍게 고개를 끄덕였다. 눈동자가 흔들렸다.

"부인."

구사나기는 상대의 눈을 빤히 들여다보았다.

"지금도 그렇게 단언할 수 있습니까?"

"무슨…… 말을 하고 싶으신 건가요?"

"그럼 이 이름은 들어 본 적이 있습니까?"

구사나기는 천천히 수첩을 꺼내 펼쳤다. 그러나 그럴 필요도 없었다. 거기에 적힌 이름은 벌써 머릿속에 새겨져 있기 때문이다. 그는 말했다.

"사쿠라이 쓰토무…… 라는 사람입니다."

유미코의 눈이 뚱그래졌다. 피가 빠져나가기라도 한 듯 얼굴이 하얗게 질리기 시작했다.

"아시죠?"

구사나기가 다시 물었다.

"아뇨."

그녀는 고개를 저었다.

"그런 사람, 몰라요."

구사나기는 고개를 끄덕였다. 그녀가 선뜻 인정하리라고는 처음부터 생각하지도 않았다.

"사쿠라이 씨는 현재 치바에서 디자인 사무실을 운영하고 있습니다. 아직 독신이고요."

"무슨 말을 하시는 거예요. 그런 사람 모른다고 했잖아요."

"사쿠라이 씨는."

구사나기는 말을 이어 갔다.

"부인과의 관계를 인정했습니다."

배터리가 다된 인형처럼 유미코의 움직임이 뚝 멈추었다. 허공을 올려다보는 눈이 충혈되기 시작했다.

"이십 년 전쯤, 사카기 전기 공사에서 걸어서 5분 정도 거리에 있는 아파트에 한 디자이너가 살고 있었습니다. 그가 바로 사쿠라이 쓰토무 씨입니다. 그는 부인을 병으로 잃고 딸과 둘이서 살고 있었습니다. 그런 그에게 매주 찾아오는 여자가 있었지요. 그 사람이 바로 부인이었고요."

구사나기는 숨도 쉬지 않고 말했다. 모든 것을 안다는 사실을 그녀에게 전해 둘 필요가 있을 것 같아서였다.

물론 사쿠라이는 모든 것을 금방 인정하지는 않았다. 처음에 그는 모리사키라는 성은 들어 보지도 못했다고 발뺌했다. 지나칠 정도로 강하게 부정하는 그 모습이 너무도 부자연스러워서 오히려 구사나기는 자신의 추리가 맞다는 확신을 가질 수 있었다.

그런 사쿠라이의 태도가 흔들리기 시작한 것은 모리사키 유미코와의 관련성을 지적받았을 때였다. 구사나기는 그가 예전에 이케부쿠로의 문화 센터에서 강사를 했고 그 학생 가운데 모리사키 유미코라는 사람이 있었다는 사실을 알아냈다. 북 디자인을 가르치는 그 강좌는 학생이 몇 명밖에 없었고 그나마 육 개월 만에 폐지되었다. 게다가 모리사키 유미코 혼자서 강의를 들을 때도 많았다. 사쿠라이가 그녀를 기억하지 못할 리 없는 것이다.

유미코의 볼이 일그러졌다. 그녀는 미소를 띠려 했는지도 모른다.

왜, 하고 그녀는 입을 열었다.

"왜 이제 와서 그런 말을…… 그 옛날 일을."

"이번 사건과 깊은 관계가 있기 때문입니다. 그건 부인께서 더 잘 아시지 않습니까?"

"무슨 말인지 도무지……."

"사쿠라이 신코짱을 기억하시겠지요. 사쿠라이 씨의 딸입니다. 신코짱도 부인을 무척 따랐다고 하더군요. 부인에게 받은 인형을 늘 가슴에 안고 지냈다고요."

인형 이야기가 나왔을 때 다시 유미코의 표정에 변화가 나타났다. 긴장이 풀어지면서 힘이 쭉 빠진 듯한 느낌이었다.

체념이라는 것을, 구사나기는 알아차렸다.

"신코짱은 그 인형에 이름을 붙였습니다. 부인도 아시겠지요. 그래요. 레이미, 라는 이름. 그리고 그 애는 레이미짱에게도 성이 필요하다고 생각했습니다. 그렇지만 사쿠라이가 아니에요, 그건. 신코짱에게 레이미짱은 매주 찾아오는 상냥한 아주머니의 아이였으니까요. 모리사키 레이미, 인형의 이름은 그렇게 완성된 것입니다."

유미코의 고개가 앞으로 푹 꺾였다. 그리고 어깨를 가늘게 떨었다.

"신코짱이 교통사고를 당해 세상을 떠난 것을 부인도 기억하고 있겠지요. 그 후에도 몇 년이나 부인과 사쿠라이 씨의 관계는 지속되었습니다. 결국 두 사람이 헤어지게 된 계기는 혹시 부인의 임신이 아닌가요?"

유미코는 아무 말도 하지 않았다. 긍정의 침묵이라고 구사나기는 생각했다.

"이윽고 부인은 여자 애를 낳았습니다. 그 애가 남편의 애인지 사쿠라이 씨의 애인지, 나는 모릅니다. 다만 여기서 중요한 것은 그 애에게 준 이름입니다. 부인은 레이미라고 이름을 지었어요. 바로 그 인형의 이름입니다."

목이 말랐다. 그러나 구사나기는 홍차잔을 들지 않고 말을 계속했다.

"무슨 생각으로 그런 이름을 지었는지는 모르겠습니다. 특별한 의미가 있을 수도 있고 그냥 좋은 이름이라 지었는지도 모르지요. 어쨌든 그 인형의 이름을 얻은 모리사키 레이미는 십육 년 동안 건강하게 자랐습니다. 그 사이 부인은 한 번도 사쿠라이 씨를 만나지 않았어요. 과거의 불륜 관계는 완벽하게 은폐되었다고 부인은 생각했을 테지요. 그런데 그런 당신 앞에 말도 안 되는 남자가 나타났어요. 바로 사카기 노부히코였습니다."

유미코는 계속 침묵했다. 자세도 변하지 않았다. 일단 모든 것을 들어 보자고 결의한 것 같았다.

"사카기가 사는 장소와, 그가 모리사키 레이미라는 이름을 십 수년 전부터 알고 있었다고 주장한다는 이야기를 레이미에게 듣고 당신은 얼어붙고 말았습니다. 사쿠라이 부녀와 관계가 있는 인물임에 분명하다고 생각했을 테니까 말입니다. 그리고 그 직감은 옳았습니다."

구사나기는 사카기와 사쿠라이 신코의 인형이 어떤 관계인지를 설명했다. 처음 듣는 이야기인 듯 유미코는 놀라움과 절망이 뒤섞인 표정을 지었다.

"사카기가 사쿠라이 신코에게 인형의 이름을 들었으리라는 건 쉽게 상상할 수 있습니다. 그런데 사카기의 어머니가 그 인형을 버리고 맙니다. 그때는 아마도 큰 충격이었을 테지만 어린 그는 이윽고 그런 인형이 있었다는 사실조차 잊어버리고 맙니다. 그리고 2년 후, 그는 어느 날 갑자기 그 인형의 이름만을 기억해 냅니다. 모리사키 레이미, 아마도 그 이름으로 인하여 어떤 마음의 변화가 있었던 것 같습니다. 그 결과, 그는 그런 이름을 가진 여자가 존재하며 자신과 보이지 않는 끈으로 연결되어 있다고 믿기에 이릅니다."

그런데, 하고 구사나기는 말을 이었다.

"그런 배경이 있는 줄을 몰랐기에 부인은 사카기라는 존재가 위험하다는 생각을 하게 된 겁니다. 그를 그대로 두면 언젠가는 옛날의 불륜이 발각될 것이라고. 아니, 부인이 가장 두려워한 것은 레이미가 누구의 자식이냐는 사실이었을 겁니다."

"레이미는."

고개를 숙인 채 신음하듯 유미코가 말했다.

"남편의 아이예요."

구사나기는 한숨을 내쉬었다. 그것에 관해서는 지금 여기서 논의할 필요가 없다고 생각했다.

"그래서 부인은 합법적으로 사카기를 매장하는 방법을 생각하기에 이르렀습니다. 그 방법이란 정당방위로 살해하는 것이었어요. 사카기를 불러들여 방에 침입하는 것을 확인하고 사살한다는 것입니다. 절대로 세상의 비난을 받지 않고 절도범 방지법에 따라 무죄가 될 가능성이 높은 멋들어진 계획이었습니다. 그러나 엽총의 총알이 사카기의 몸에 맞지 않았다는 게 문제였습니다."

여기서 유미코는 고개를 들었다. 그리고 고개를 저었다. 그러나 맥 빠진 몸짓이었다.

"아니에요. 그런…… 계획 같은 건 하지 않았어요."

"증거가 있습니다."

구사나기는 애써 평온한 표정을 지으며 말했다.

"사카기를 불러들인 그 편지를 철저히 분석해 보았지요. 워드 프로세서의 기종과 사용한 종이가 밝혀졌어요. 그와 똑같은 것이 부인이 다니는 요리 교실에서 발견되었습니다. 요리법을 쓸 때 강사가 가끔 사용하는 것이라고 합니다. 부인이 최근에 사용하는 모습을 보았다는 증언도 있었습니다. 사실은 어제 반나절 동안 동료 형사가 다 사용한 잉크 리본을 조사했습니다. 편지의 내용이 그 리본에 그대로 남아 있더군요."

구사나기는 자신이 해야 할 말은 모두 했다고 생각했다. 이제는 유미코의 대답을 기다리는 일뿐이었다.

충혈된 그녀의 눈이 젖어들기 시작했다. 눈물이 고이더니 이윽고 아래로 뚝 떨어졌다. 그 눈물을 닦으려 하지도 않고 말했다.

"남편에게…… 레이미가 자신의 딸이라는 사실을 꼭 좀 전해 주세요."

구사나기는 거기에 대해서는 대답하지 않았다. 그 대신에 물었다.

"경찰서까지 동행해 주시겠습니까?"

예, 하고 그녀는 작은 목소리로 대답했다.

모리사키의 집 앞에 차 한 대가 서 있었다. 그 안에는 마키다와 또 다른 두 명의 형사가 타고 있었다. 사전에 연락을 해 대기하게 한 것이다. 구사나기는 그들에게 유미코를 넘겨주었다.

"곧 본부로 돌아갈 테니까."

구사나기의 말에 마키다는 고개를 끄덕이고는 시동을 걸었다. 뒷자리에 앉은 유미코는 앞을 똑바로 바라보고 있었다.

구사나기는 차가 떠난 방향과는 반대로 걸어가기 시작했다. 이십 미터 정도 떨어진 곳에 스카이라인이 서 있었다. 유가와는 조수석의 시트를 뒤로 젖힌 채 자고 있었다.

구사나기가 오르자 유가와는 눈을 떴다.

"끝난 모양이군."

"응. 정말 하기 싫은 일이야."

"그러니까 월급이란 걸 받잖아."

"그런데."

구사나기는 조수석 쪽을 바라보며 말했다.

"이번에도 자네가 많은 도움을 줬어. 정말 고맙네."

"나는 탐구심을 만족시키면 그만이야. 인사할 필요까지는 없어."

"그렇지만 자네의 추리를 듣지 못했다면 우리는 결코 그 여자를 의심하지 않았을 거야."

유가와의 추리를 들었을 때의 놀라움이 되살아났다. 그가 최초에 내뱉은 말은 모리사키 레이미의 어머니가 수상하다는 것이었다. 그 첫째 근거로, 사건의 정황을 들었다.

"어머니가 엽총을 들고 딸의 방으로 들어갔다는 것은 침입자가 있다는 것을 확신하지 않고서는 있을 수 없는 일이 아닐까. 그리고 그만큼 큰 소리가 났다면 레이미 본인이 누구보다 먼저 알아차렸을 거야. 그러나 실제로 본인은 잠들어 있었고 범인은 침대 쪽으로 다가갔을 뿐 아무 짓도 하지 않았어. 어머니 홀로 위험을 느끼고 거창하게도 엽총을 손에 들었다는 게 아닌가. 그러니 뭔가 있다고 생각할 수밖에."

그리고 그는 대담한 추리를 전개했다. 이번 사건은 기획된 것이 아닐까라는 것이었다.

"그 어머니가 정당방위를 빙자한 사카기의 매장을 노렸다면 동기가 뭘까. 나는 예지몽에 답이 있다고 생각했지. 그 꿈의 내용 속에 그녀에게 아주 불편한 뭔가가 숨겨져 있지 않을까. 사카기가 꿈을 꾸었다는 십칠 년 전, 그와 모리사키 유미코 사이에 어떤 관련성이 있었던 거지. 아직 어린 그와 그녀의 접점. 그건 어른인 그녀가 사카기의 집 부근으로 가야 가능한 일이 아닐까. 그것도 자주. 그 사실을 그녀는 숨겼어. 무엇 때문일까? 주부가 어떤 장소에 간 사실을 숨겨야 할 이유는 그리 많지 않아."

불륜, 구사나기와 마키다는 바로 그 말을 떠올렸다.

"어린 시절의 사카기 주변에 모리사키 유미코의 불륜 상대가 존재했다고 봐야 하지 않을까. 그리고 초등학생이 어른 남자와 친하게 지낼 기회는 별로 없어. 같이 노는 친구의 아버지, 그게 타당한 선일 거야."

그래서 그 아버지의 당시 생활을 조사해 보라고 유가와는 말했던 것이다.

"묘한 사건이었어."

키를 찔러 넣으며 구사나기가 애절한 목소리로 말했다.

"사카기는 지금도 자신이 왜 모리사키 레이미라는 이름을 꿈에서 보았는지 몰라. 인형 하나에 얽힌 추억이 자신을 꼭두각시처럼 조종하고 있었다는 사실도 모르고 말이야."

"인간은 모두 뭔가에 조종당하고 있는 존재니까."

유가와는 그렇게 말하고 크게 하품을 했다.

"커피 맛이 꽤 괜찮은 가게가 있는데."

"이 부근에?"

"조금만 가면 돼."

"좋지."

구사나기는 시동을 걸었다.

2장

영을 보다

1

나가이 기요미는 노란 정장을 입고 있었다. 레몬처럼 선명한 노란색. 기요미가 좋아하는 색이다. 커피숍은 넓으면서도 붐볐지만 그 선명한 색채 덕분에 호소다니 다다오는 바로 그녀를 알아보았다.

"미안, 미안. 퇴근하려는데 과장이 이상한 일을 부탁하는 바람에."

호소다니는 얼굴 앞에 손날을 세워 미안하다는 표시를 하며 기요미의 맞은편에 앉았다. 약속 시간은 일곱 시였는데 이십 분이나 늦었다.

기요미는 분명 마음이 상한 눈치였다. 비죽 앞으로 내민 입술이 그걸 말해 주었다.

"오 분만 더 늦었으면 나, 가 버렸을 거야."

"그러니까 이렇게 사과하잖아. 아, 나는 커피."

주문을 받으러 온 웨이트리스에게 호소다니가 말했다.

자기는 툭하면 삼십 분도 넘게 지각하면서 어쩌다 내가 한 번 늦으면 이 난리지, 그렇지만 호소다니는 그런 말을 입 밖에 낼 수 없었다. 그랬다가는 그녀가 당장이라도 자리를 박차고 일어나 버릴지도 모르기 때문이다.

"배고파 죽겠어."

"알았다니까. 뭐든 먹고 싶은 거 사 줄 테니 제발 화 좀 내지 마."

"뭐든지? 정말이지?"

기요미의 표정이 조금 부드러워졌다.

"아, 물론."

"그럼 꼭 가 보고 싶은 데가 있어."

기요미는 구치 핸드백을 열더니 잡지에서 오려 낸 종이를 꺼냈다. 유명한 프렌치 레스토랑의 소개 기사였다. 요리의 맛보다는 값이 비싼 곳으로 유명하다는 이야기를 호소다니도 들은 적이 있었다. 호주머니 사정이 그리 풍족하지만은 않은 관계로 한순간 눈앞이 캄캄해졌지만 더는 기요미의 토라진 모습을 보고 싶지 않았다.

"알았어. 그렇지만 예약이 필요할 텐데."

"지금 전화하면 안 될까?"

"그러지 뭐."

호소다니는 종잇조각을 들고 일어서서 커피숍 바깥으로 나가 레스토랑에 전화를 했다. 오늘은 만석입니다, 라는 대답을 기대했지만 불경기라서 그런지 금방 예약이 됐다.

자리로 돌아와 예약이 됐다고 말하자 기요미는 눈을 반짝이며 방긋 웃었다.

"고마워."

아무래도 그녀의 기분이 좋아진 것 같았다. 악마 같은 그 미소를 바라보며 호소다니는 블랙커피를 마셨다. 이 여자에게 반했으니 어쩔 수 없는 노릇이라고, 호소다니는 체념했다.

식사가 끝나자 기요미는 자꾸 시계를 보았다. 호소다니도 따라서 자신의 시계를 보았다. 밤 열 시가 조금 넘은 시간이었다.

"무슨 할 일이라도 있어?"

호소다니가 물었다.

"응, 미안. 나, 이제 일어서야 할 것 같아."

"하긴 여행 준비를 해야겠지."

"응, 내일 출발인데 아직 아무것도 준비 해 두지 않았거든."

기요미는 그렇게 말하고 혀를 쏙 내밀었다.

"싱가포르?"

"응."

"설마 진짜 애인이랑 가는 건 아니겠지?"

"바보. 말도 안 되는 소리 하지도 마. 대학 시절 친구랑 쇼핑 여행 가는 거야."

그렇게 말하고 기요미는 웃다가 갑자기 울적한 표정으로 바뀌었다.

"오늘 밤 또 전화가 올 거야. 분명해."

그녀의 말이 무엇을 뜻하는지 호소다니는 알고 있었다.

"그 자식한테서?"

"아마도. 가게 쉬는 날은 늘 그랬으니까."

"정말 끈질기네, 그 자식."

"귀찮아 죽겠어. 그렇다고 너무 냉정하게 뿌리치는 것도 뭣하고."

호소다니는 한숨을 내쉬었다.

"이제 슬슬 냉정하게 말해야 하지 않을까. 그러는 편이 그 자식을 위해서도 좋지 않을까 싶어."

"알면서도 말이 잘 안 나와. 자기 이름을 대도 좋아?"

"어쩔 수 없지, 뭐. 사실이 그렇기도 하고, 언젠가는 들통 날 테니까."

"정말 말하기 힘들어."

기요미는 얼굴을 찌푸렸다.

"그럼 내가 말할까?"

호소다니의 말에 그녀는 허를 찔린 듯한 표정을 지었다. 그러다 잠시 생각하더니 이윽고 천천히 고개를 끄덕였다.

"응, 그렇게 하는 게 좋겠어."

"가까운 시일에 이야기하지, 뭐."

"그것 때문에 우정에 금이 가지는 않을까?"

기요미가 물었다. 빙긋 웃으면서. 진심으로 그걸 걱정해서라기보다는 어떤 호기심 때문에 묻는 것 같았다.

"뭐, 그때는 그때고."

호소다니는 그렇게 정리해 버렸다.

레스토랑을 나선 직후 호소다니가 손을 들려 하는데,

"아, 잠깐만." 하고 기요미가 그 손을 제지했다.

그녀는 핸드백에서 조그만 카메라를 꺼냈다. 그리고 허리를 조금 굽히더니 바로 옆의 전신주 쪽으로 렌즈를 돌렸다. 거기에는 얼룩무늬 새끼 고양이가 있었다. 집을 나온 고양이일 것이다. 그녀는 셔터를 세 번 눌렀다. 그와 동시에 스트로보 라이트도 반짝거렸다.

"카메라를 가지고 다니는 버릇은 여전하구나."

호소다니가 말했다.

"그럼. 언제 찬스가 찾아올지 모르니까."

그러면서 그녀는 카메라를 핸드백 안에 넣었다.

첫 데이트 때 그녀는 그즈음 사진에 푹 빠져 있다는 말을 했었다. 실제로 그 자리에서 사진을 몇 장 보여 주기도 했다. 나름대로 깨끗하게 잘 찍은 것이긴 했지만 이렇다 할 특징은 찾아볼 수 없는 사진이었다. 패션 감각으로 셔터를 누르는 것이라고 호소다니는 생각했다. 언젠가는 개인전을 열 것이라고 말하는 그녀의 꿈은 결코 이루어지지 않을 것이라고도 생각했다.

"이것저것 마구 찍다 보면 이상한 게 나오거나 하지 않아?"

택시를 타고 나서 호소다니가 물었다. 기요미가 사는 아파트는 고엔지에 있다. 거기까지 그녀를 바래다주고 네리마에 있는 집으로 돌아가는 것이 호소다니의 동선이다.

"이상한 거?"

"예를 들면, 심령사진 같은 거 있잖아."

"아."

기요미는 입을 벌린 채 고개를 끄덕였다.

"비슷한 게 찍힌 적이 있긴 해."

"어, 정말?"

"그냥 비슷한 거. 하얗고 뿌연 게 찍힌다든지. 그렇지만 그게 뭔지는 몰라."

"그런 거 찍힌 다음에 액땜 같은 거 안 해도 돼?"

"글쎄. 안 하면 어때서."

그렇게 말하고 그녀는 심술궂은 표정으로 호소다니를 보았다.

"사실은 이전에 한 번 그런 사진을 일부러 찍으려 해 본 적이 있어."

"어떻게?"

"밤에 사진을 찍으면 영이 나온다는 소문이 있는 장소에 갔거든. 혼자라서 얼마나 무서웠는지 몰라."

"그래서, 찍었어?"

"응."

"결과는?"

"보기에 따라서는 그럴듯한 게 찍힌 것 같기도 해."

"호오……."

"다음에 보여 줄게. 하긴 별 사진도 아니지만."

"정말 궁금하네."

기요미는 입술을 핥았다.

"그때 그거보다 더 굉장한 사진을 찍었어."

"엉, 어떤 사진?"

"말하기 어렵지만, 내겐 정말 행운의 사진."

"뭔데, 그게. 괜히 궁금하잖아."

"미안. 쓸데없는 말을 했어. 잊어버려. 그보다……."

기요미는 완전히 다른 방향으로 이야기를 바꾸었다. '행운의 사진'에 대해 호소다니에게 말한 것을 후회하는 것 같았다. 호소다니는 적당히 맞장구를 치면서도 그게 어떤 사진인지 마음에 걸렸다.

기요미를 바래다준 다음 택시 안에서 호소다니는 휴대 전화를 꺼냈다. 거기에 등록된 '고스기 고이치'의 단축 버튼을 눌러 화면에 띄웠다.

고스기는 호소다니의 대학 시절 친구다. 학부는 다르지만 같은 럭비부였다. 졸업한 지 십 년이 되었지만 지금도 한 달에 한 번 정도 만나는 사이다.

한 달쯤 전에 고스기에게 연락을 받고 회사가 끝난 후에 술을 마시러 갔다. 새로운 술집을 찾아냈다고 고스기가 자랑을 해서였다. 호소다니는 조금 생뚱맞다는 생각을 했다. 그가 그런 말을 하는 것을 여태 본 적이 없었기 때문이다.

술집은 신바 시에 있었다. 밝은 분위기에 비교적 젊은 손님들이 많이 오는 가게였다. 호스티스들이 손님에게 서비스하는 것을 보고 호소다니는 놀라지 않을 수 없었다. 고스기는 여자와는 이야기도 잘 못하는 성격이 아니었던가. 그런 그가 이런 술집을 드나든다니 믿을 수 없는 일이었다.

나가이 기요미는 그 가게에서 일하고 있었다. 고스기의 얼굴을 보자마자 곧장 테이블에 와 앉았다. 그렇게 미인은 아니지만 익살과 요염함을 동시에 갖추고 있는 기묘한 개성의 소유자였다. 그때도 그녀는 노란색 옷을 입고 있었다.

호소다니는 한눈에 그녀에게 끌리고 말았다. 그리고 고스기의 몸짓이나 표정에서 그가 왜 이 술집에 오는지를 알 수 있었다. 그는 분명 기요미를 강하게 의식하고 있었다. 여자 앞에만 서면 과묵해져 버리는 그가 열심히 그녀의 관심을 끌려 하는 게 빤히 보였다.

호소다니는 술집에서 나온 다음 고스기에게 물었다. 그러자 그는 곧바로 속내를 털어놓았다. 그녀와 꼭 사귀어 보고 싶다는 것이었다.

"그렇지만 생각대로 잘 되지를 않아. 저런 타입은 어떤 식으로 공략하면 좋을지 모르겠어."

짧게 자른 머리를 긁적이며 고스기는 그렇게 말했다.

왜 그때 그런 타입의 여자는 너에게 안 어울린다는 말을 하지 않았던가, 호소다니는 지금도 후회스러웠다. 그때 그런 말만 했더라면 이야기는 간단해졌을 것이다. 그러나 '네 마음이 잘 전달되도록 힘써 봐.'라고 격려하고 말았다.

그러면서도 호소다니는 고스기에게는 말하지 않고 슬쩍 기요미에게 접근했다. 몇 번이나 혼자서 그 가게에 찾아가 말을 걸었다. 그녀는 김빠질 정도로 산뜻하게 응해 주었다.

"나도 처음 만났을 때부터 주파수가 맞는 것 같았어."

처음 호텔에 갔을 때 그녀가 한 말이었다.

고스기는 아직 둘의 관계를 모른다. 오히려 요즘 들어 그는 호소다니에게 전화를 걸어 이제야 그녀가 마음을 여는 것 같다고 말한다. 그러나 기요미는 이전과 다를 바 없는 손님에 지나지 않는다고 말한다.

빨리 말을 해야 한다고 하면서도 질질 시간만 끌고 있다.

호소다니는 휴대 전화의 발신 버튼을 눌렀다.

두 번 신호가 울리고 연결되었다.

"예, 여보세요."

남자 목소리가 들렸다. 그러나 그것은 고스기의 목소리가 아니었다.

"여보세요. 고스기 씨 댁 아닌가요?"

"아, 고스기 집 맞는데……, 혹시 호소다니?"

상대의 목소리와 어투로 호소다니도 누구인지 알 수 있었다.

"뭐야, 야마시타로구나. 거기서 뭘 하고 있어?"

"집 좀 봐 달라고 해서. 마침 심심하던 차에 잘됐다. 너도 이리 와. 지금 어디야?"

"택시 타고 외곽 고속도로에서 북상 중이야."

"그럼 운전사에게 핸들을 왼쪽으로 확 꺾으라고 해. 기다리고 있을게. 술은 얼마든지 있으니까 오랜만에 아침까지 마셔 보자."

일방적으로 말하고 야마시타는 전화를 끊었다.

어쩔 수 없지 뭐, 가 볼까……. 휴대 전화를 상의 주머니에 넣고 호소다니는 말했다.

"기사 아저씨, 미안하지만 목적지가 바뀌었습니다. 구가야마로 가 주세요."

고스기는 오래된 테라스 하우스에 산다. 이층집에 방이 두 개이고 옆집과 두 채뿐이다. 일단 정원 비슷한 게 붙어 있어서 단독 주택의 분위기를 맛볼 수 있다고 고스기는 자랑했다.

그의 방에서 야마시타가 맥주를 마시며 기다리고 있었다. 야마시타도 럭비부 시절의 친구다. 작년까지 일하던 설계 사무실이 망하는 바람에 지금은 일자리를 구하는 중이다.

"고스기는 저녁에 나갔어. 인터뷰 일이 끝나면 차로 오사카에 간대. 내일 이른 아침에 취재가 있다고 해. 스포츠 라이터도 정말 힘든 일이야."

혀가 조금 꼬부라지기 시작한 야마시타가 말했다.

글재주가 있던 고스기는 졸업 후 프리랜서가 되어 주로 출판사 일을 하고 있다. 처음에는 일감을 얻는 것조차 힘들었지만 지금은 몇 군데 잡지나 신문에서 심심치 않게 그의 글을 읽을 수 있다.

야마시타의 말로는 오사카에 있는 소년 스포츠 클럽을 취재하러 출장을 갔다고 한다.

방구석에는 고양이 한 마리가 있었다. 하얀 페르시아 고양이다. 고스기가 고양이를 기르기 시작했다는 말은 들은 적이 없었다.

"아는 사람이 기르던 고양이인데 한 일주일 전에 맡았나 봐. 그런데 갑자기 취재 출장을 가게 됐다며 나더러 좀 돌봐 달라는 거야. 그러니까 집을 보는 게 아니라 고양이에게 서비스하는 몸종인 셈이지."

"아, 일이 그렇게 된 거로군."

"고양이를 돌본 적이 없어서 조금 걱정했지만 별것 아냐. 얌전한데다 대소변도 잘 가리고 말이야."

"아르바이트비는 얼마?"

"필요 경비 포함해서 하루에 오천 엔. 뭐, 빈둥빈둥 노는 백수에게는 감지덕지라고 할까."

실업자 신세라 고마운 제안이었다고 야마시타는 자조 섞인 웃음을 띠며 말했다.

두 사람은 옛날이야기를 하며 맥주와 위스키, 거기에다 일본 청주까지 물처럼 들이켰다. 빈집 지키는 이번 아르바이트에는 냉장고 속에 있는 거라면 뭐든 마음대로 먹고 마셔도 된다는 보너스가 달려 있었다. 냉장고에는 맥주가 잔뜩 들어 있었고 따지 않은 위스키와 청주도 한 병씩 있었다.

그런데 너무 빨리 마신 탓인지 야마시타는 자정이 조금 넘자마자 꾸벅꾸벅 졸기 시작하더니 한 시쯤에는 코를 골았다. 흔들어도 일어나지 않았다.

참 세상 편한 놈일세.

호소다니는 담요를 덮어 주고 자리에서 일어섰다. 자신은 이 층 방에서 잘 생각이었다. 계단에 한 발을 올리고 벽에 있는 스위치를 눌렀다. 그 순간, 실내는 암흑으로 변했다.

그 갑작스러운 어둠에 놀라기도 하고 약간 취하기도 해서 호소다니는 잠깐 몸의 균형을 잃고 말았다. 그는 비틀거리다가 바닥에 한쪽 무릎을 꿇었다.

어이쿠, 술을 너무 많이 마셨나.

손바닥으로 볼을 문지르며 일어섰다. 바로 그때였다.

창밖 정원 쪽에 누군가가 서 있었다. 그리고 방 안을 엿보고 있었다.

가슴이 내려 앉았다. 그러나 다음 순간, 또 다른 놀라움이 그를 덮쳤다.

기요미?

레이스 달린 커튼 너머이긴 했지만 거기 선 사람은 분명 기요미였다. 바로 몇 시간 전에 보았던 노란 슈트 차림으로. 그 모습이 희미한 빛을 받아 어둠 속에 뿌옇게 떠올랐다.

"기요미……."

호소다니는 현관으로 향했다. 그러나 어둠이 눈에 익지 않은데다 술기운도 있어 여기저기 몸을 부딪쳤다. 문을 열고 맨발로 바깥으로 뛰어나갔다.

"기요미."

불렀다.

그러나 아무 대답도 없었다. 호소다니는 맨발로 창 앞까지 뛰어갔다. 그러나 거기에도 그녀의 모습은 없었다.

뭐야, 이건. 그는 동요했다. 혼란스러웠다. 기요미가 여기 올 리 없잖아. 그녀는 고스기를 애써 피하지 않았던가.

가슴속에서 불길한 먹구름이 뭉게뭉게 피어오르기 시작했다.

그는 휴대 전화를 꺼내 그녀의 집에 전화를 걸어 보았다. 그러나 아무도 받지 않았다. 휴대 전화에도 걸어 보았지만 마찬가지였다.

호소다니는 잠시 생각해 본 다음 다른 번호로 전화를 걸었다. 오다 후지코라는 여자의 휴대 전화였다. 후지코는 기요미의 친구로 같은 아파트에 살며 같은 가게에서 일한다. 예전에 같이 노래방에 갔을 때 휴대 전화 번호를 알아 두었다.

"여보세요."

후지코의 목소리가 들렸다.

"여보세요, 후지코 씨. 나야, 호소다니."

"아, 어쩐 일이야. 이런 시간에."

"이유는 나중에 이야기할게. 미안하지만 기요미의 방에 좀 가 봐."

"기요미의 방에? 지금? 왜?"

"그러니까 이유는 나중에. 아무튼 빨리 좀 가 줘."

휴대 전화 저편을 향해 호소다니는 화난 듯이 소리쳤다.

2

"호소다니 다다오의 말을 듣고 오다 후지코는 영문도 모른 채 문을 열고 나선 거야. 후지코의 방은 그 아파트의 삼 층이고 기요미의 방은 오 층. 만일 그녀가 엘리베이터를 탔더라면 사태는 달라졌을 테지만, 이때 그녀는 계단을 선택했어. 오 층까지 걸어서 올라가려 한 거지."

여기까지 말하고 구사나기는 말을 끊더니 유가와 쪽을 바라보았다. 유가와는 의자에 앉아서 손톱을 손질하고 있었다. 두 다리를 책상 위에 올린 채.

그곳은 데이도 대학 공학부 물리학과 제13연구실. 학생들은 강의를 들으러 가고 아무도 없었다.

"어이, 듣고 있어?"

"잘 듣고 있지. 계속해 봐. 계단을 선택한 결과 어떻게 됐다는 거야?"

"사 층에서 삼 층을 거쳐 이 층으로 뛰어내려가는 남자의 모습을 본 거지. 머리는 스포츠형에 회색 블루종을 입었는데 오다 후지코는 그 남자의 옆모습이 눈에 익었다고 해. 신바시의 가게에 자주 오는 손님이라고. 그러나 남자는 너무 서두르느라 그랬는지 그녀의 모습을 보지 못했어. 후지코는 이상하다고 생각하면서 나가이 기요미의 방으로 가 보았지. 벨을 눌러도 반응이 없어. 그래서 문손잡이를 돌려 보았더니 잠겨 있지 않았던 거야."

"그리고 시체를 발견했다는 거로군."

"나가이 기요미는 세면장에 쓰러져 있었어. 오다 후지코는 즉시 경찰에 전화를 했고."

"명형사 구사나기 순사부장의 등장이로군."

유가와는 싱긋 웃었다.

"그렇긴 한데 애석하게도 우리가 나설 자리는 거의 없었어. 우리가 달려갔을 때는 벌써 범인이 누군지 드러났고 체포도 시간문제였으니까."

"오다 후지코가 목격한 사내 말이지."

유가와의 물음에 구사나기는 고개를 끄덕이고 수첩을 내려다보았다.

"스포츠 라이터 고스기 고이치. 아까 말했듯이 호소다니의 친구이며 나가이 기요미를 좋아하는 사내야. 고스기의 이름이 수사 선상에 올랐을 즈음 놈은 도메이 고속도로를 타고 있었어. 물론 체포는 그리 어렵지 않았지. 목적지를 알고 있었으니까 수사관을 오사카로 보내면 끝이었거든."

"고스기가 범행을 인정했어?"

"처음에는 부인한 모양이야. 그러나 목격자가 있다는 말을 하자 순순히 자백했다는 거야."

"느낌으로는 계획적인 범행은 아니었던 것 같은데."

"맞아. 전형적인 충동 살인이지."

그날 밤 고스기는 나가이 기요미의 방 앞에서 그녀가 돌아오기를 기다리고 있었다. 그녀는 열한 시가 다 되어서야 돌아왔다.

고스기가 방에 들어가서 천천히 이야기를 나누고 싶다고 하자 처음에 그녀는 싫다고 한 듯하다. 그러나 이대로 보내서는 깨끗하게 매듭을 짓기 힘들다고 생각했는지 결국 그를 방으로 들어오게 했다.

고스기는 그녀에 대한 자신의 뜨거운 가슴을 호소했다. 사귀고 싶다고, 단지 즐기려는 게 아니라 결혼을 전제로 사귀고 싶다고 솔직하게 말했다.

그러나 나가이 기요미는 단호하게 거절했다. 강한 어투로 고스기에게 아무런 관심도 없다고 말했던 것 같다.

그래도 고스기는 물러서지 않았다. 어쨌든 잠시라도 좋으니 만나 달라고, 당신이 나에게 매력을 느낄 수 있도록 노력할 거라면서.

그러자 이 언저리에서 나가이 기요미의 태도가 돌변했다. 그때까지는 가게에 오는 손님이라는 생각 때문에 조금이나마 예의를 차렸지만 이때부터 그런 자제심마저 사라지고 만 것 같다.

웃기지 마, 당신 같은 촌스러운 남자가 어떻게 나 같은 사람을 사귀겠다는 거야, 손님이니까 예의를 갖춰 대한 것뿐이야, 착각하지 말라고.

그녀의 입에서 고스기의 자존심을 건드리는 말들이 줄줄이 터져 나왔다. 입가에 미소마저 머금은 채 그런 말들을 했다고 한다. 그 빈정대는 듯한 미소를 대하는 순간 고스기의 마음속에서 뭔가가 부러지는 소리가 났다.

"문득 정신을 차려 보니 목을 조르고 있었다고 해."

"참으로 범죄다운 범죄로군. 살인다운 살인이라고 할까."

이우고 유가와는 진지한 표정으로 그렇게 말했다.

"그럴까?"

"그럼, 당연하지. 현실적인 살인 사건은 대체로 소설에 나오는 것처럼 치밀한 계획 아래 벌어지는 게 아냐. 말다툼 끝에 꼭지가 돌아서 죽이고 마는 경우가 태반이지. 살인이란 게 너무도 비정상적인 행동이다 보니 일반인이 실행하려면 광기라든지 충동이라든지 그런 비일상적인 정신 상태가 필요한 것 아닐까?"

"물론 흔히 있는 일이기는 하지만."

구사나기는 손가락으로 코 밑을 문질렀다.

"그런데 이런 뻔한 이야기를 내게 열심히 하는 이유가 뭔데? 별다른 문제도 없는 것 같은데 말이야."

산뜻한 표정으로 그렇게 말하는 유가와의 얼굴을 구사나기는 의외라는 듯이 바라보았다.

"이봐, 내 말을 잘 들었을 테지. 그러면 이런 문제점을 느꼈을 거야. 이 사건이 이렇게 빨리 드러난 것은 호소다니가 나가이 기요미의 모습을 보았기 때문이다. 그것도 새벽 한 시경에. 그리고 그 시간에 기요미는 고스기에게 살해당했고. 이걸 어떻게 생각해?"

"어떻게, 라니?"

"이상하다는 생각 안 들어?"

흠, 팔짱을 끼고 유가와는 책상에서 다리를 내렸다. 그대로 회전의자를 좌우로 돌렸다.

"아주 절묘한 우연일 테지."

의자의 움직임을 멈추고 그가 말했다. 냉랭한 어투였다.

"우연? 어떤 우연인데?"

"호소다니라는 인물은 술에 취해 있었어. 반쯤 잠든 상태라고 해도 좋겠지. 그런 상태에서 애인 꿈을 꾼 거야. 퍼뜩 정신을 차리고 전화를 걸었을 때 우연히도 그녀의 방에서는 사건이 일어나고 있었다는 것."

"우리 과장하고 똑같은 의견이네. 호소다니가 꿈이나 환상 같은 것을 봤다는 결론."

하하하, 유가와는 소리 내어 웃었다.

"늘 그렇지만 자네 과장하고 난 주파수가 아주 잘 맞아."

"그러나 호소다니는 절대로 꿈이 아니었다고 주장하고 있어."

"흠, 과장 외의 사람은 그 말을 믿는단 말이지. 사고에 그 정도로 유연성이 있으니 경찰의 미래는 밝다고 해야겠어."

구사나기는 입을 비죽거리며 볼을 긁었다.

"웃을 일이 아니라니까. 이대로 보고서를 쓰면 이건 거의 신비주의가 되어 버려. 믿기 힘든 일이지만 수사관 가운데에는 피해자의 영이 호소다니에게 사건을 알려 주었다고 말하는 사람도 있을 정도니까."

"그것도 재미있잖아. 어느 세계건 유머는 필요하니까."

"정말 그렇게 생각하는 건 아니겠지. 어때, 이번 수수께끼를 한번 풀어 보지 않을래?"

"수수께끼라. 글쎄, 이걸 수수께끼라고 할 수 있을까?"

유가와는 일어서서 창 쪽으로 걸어갔다. 커튼 틈으로 비쳐 든 봄 햇살이 그의 하얀 가운 위에서 눈부시게 부서지고 있었다.

"설령 호소다니가 졸지 않았다 하더라도 환각을 보았을 가능성은 충분히 있지 않을까. 아니, 환각이란 말도 좀 과할지 몰라. 착각 정도라고나 할까."

"뭔가를 잘못 봤다는 거야?"

"바람에 날리는 타월을 유령으로 착각하는 것은 옛날부터 흔한 일이잖아. 그때 호소다니는 연인과 데이트를 한 직후이기도 해서 그녀의 모습이 머릿속에서 떠나지 않았을 테고. 그리고 어둠 속에서 넘어지는 사소한 해프닝 때문에 제정신이 아니었다고 할 수도 있지 않을까. 창 쪽으로 고개를 돌리는 순간 뭔가가 보인 거야. 만일 당황하지 않았더라면 냉정하게 그것의 정체를 알아차렸을 거야. 이를테면 어떤 물체가 단순히 유리창에 비친 것인지도 몰라. 그러나 그때 그는 정상적인 정신 상태가 아니었어. 유리창에 비친 뭔가를 보고 연인의 모습이라고 착시를 일으킬 만한 상태라고 할까."

"바로 착시를 일으킨 그 시각에 우연히 연인이 목 졸려 죽었다는 거야?"

"그러니까 참으로 기묘한 우연이라는 거지."

구사나기는 유가와의 말을 듣고 후웃, 길게 숨을 내뿜었다.

"결국 그렇게 설명할 수밖에 없는 건가."

"왜, 불만스러워?"

"불만이지만 어쩔 수 없지, 뭐. 그렇지 않으면 영의 소행이라고 해야 하는데."

"세상에는 때로 이번 경우처럼 아주 드문 확률로 일어나는 우연도 있어. 거기에 어떤 합리적인 설명을 덧붙일 필요는 없다고 봐."

유가와는 성큼성큼 걸어서 개수대 앞으로 갔다.

"커피 한잔 어때?"

"아냐, 괜찮아."

어차피 인스턴트일 텐데, 라는 말은 속으로 삼켰다.

"그렇지만 이번 사건이 발표되면 지난번처럼 또 기자들이 옳다구나 하고 달려들지 않을까. 유령이니 영이니 신비니 하면서 말이야. 그래도 좋아?"

"하지만 어쩌겠어. 신앙의 자유라는 게 있는데."

"과장에게 그리 보고할 수밖에 없겠군."

구사나기는 시계를 보며 자리에서 일어섰다.

"다른 건 없어?"

주전자를 올리고 가스레인지에 불을 켜면서 유가와가 물었다.

"다른 거라니?"

"사건에 관한 의문 말이야. 아주 단순한 사건이긴 하지만."

"흠, 특이한 점이라고 한다면 영의 소행으로 해석할 수 있는 가능성이 있다는 것뿐이지. 그리고 굳이 한 가지를 더 들자면 피해자에게 빚이 꽤 많았다는 것."

"빚?"

"아직 정확한 액수를 파악하지는 못했지만 최소한 사오백만 엔은 될 거야. 여기저기서 돈을 빌린 모양이야. 방 안을 둘러보니 꽤 화려한 생활을 한 것 같아. 브랜드광이라고나 할까."

"피해자에게 빚이라……."

중얼거리더니 유가와가 물었다.

"사인에는 문제없어?"

"응, 없어. 손목에 가느다란 상처가 있긴 하지만 별 문제 없다고 봐."

"손목에 상처?"

컵에 인스턴트커피 가루를 넣던 유가와가 손길을 멈추고 뒤를 돌아보았다.

"어느 쪽 손? 어떤 상천데?"

"왼손일걸. 대수롭지 않은 상처였어. 반창고가 붙어 있었고."

그러자 유가와는 스푼을 든 채 잠시 뭔가를 골똘히 생각했다. 이윽고 주전자 부리에서 슛슛 소리와 함께 김이 뿜어져 나왔다.

"물 끓어."

구사나기가 가스레인지의 불을 껐다.

유가와는 스푼 끝으로 구사나기를 가리켰다.

"자네의 정말 나쁜 버릇이 뭔 줄 알아? 가장 중요한 것을 맨

나중에 이야기한다는 거야. 그 말을 빨리 했더라면 다른 답을 낼 수도 있었을 텐데."

"뭐야, 손목에 난 상처가 문제라도 된다는 얘기야?"

"아마도 그럴걸."

그는 스푼을 지휘봉처럼 상하좌우로 흔들었다.

"자, 안내해 주실까. 그 영이 나왔다는 집으로."

3

고스기가 사는 테라스 하우스 앞에서 구사나기는 유가와에게 흰 장갑을 건넸다.

"과장한테 자네에게 이 집을 보여 주어도 좋다는 허락을 받았지. 딱히 문제는 없겠지만 안에서 물건을 만질 일이 있을지도 모르니까 이걸 끼도록 해."

유가와는 고개를 끄덕이고 그 자리에서 장갑을 꼈다.

"지문을 묻히지 않는 건 상식이지. 자네는 지금 딱히 문제가 없다고 생각하겠지만 내 생각은 그렇지가 않아. 아마 자네들은 이 집을 다시 조사하게 될걸."

"유령 소동은 사건의 본질과는 아무 관계 없다고 생각하는

데."

"그걸 지금부터 확실히 알려 주지."

유가와는 발길을 재촉했다.

구사나기는 고스기가 체포된 직후에 이 집을 한 번 찾아왔었다. 그때까지 그곳에 있던 야마시타 쓰네히코의 진술을 받기 위해서였다. 야마시타의 말은 고스기의 자백 내용과 일치했다.

방 안에 마구 흩어져 있던 맥주병과 스낵 봉지 따위는 깨끗이 정리되어 있었다. 하얀 페르시아고양이도 주인에게 돌려주었는지 보이지 않았다.

"독신 남자의 방다워."

장식이라고는 거의 없는 썰렁한 실내를 둘러보며 유가와가 말했다.

"야마시타나 호소다니의 말로는 여자가 드나든 것 같지는 않았다는 거야. 여태 여자를 사귄 적이 없었을지도 모른다고 하더군. 긴장하지 않고 여자랑 대화를 나눌 수 있는 경우는 상대가 스포츠 선수일 때, 게다가 대화 내용도 운동 경기에 한해서만 가능했다고 해."

"골동품 같은 남자로군. 옛날 체육계에는 그런 타입이 많았지."

유가와는 쓴웃음을 지었다. 그와 구사나기는 데이도 대학 배드민턴부에서 같이 활동했었다.

"그런 그가 술집 아가씨에게 열을 올렸다는 것이 참 신기하다고 호소다니가 그러더군. 애당초 그 정도로 여자에게 면역이 없었던 사람이니 한번 정을 주면 목숨을 걸지도 모른다고도 했고. 하긴 나도 동감이지만."

"고스기가 피해자와 만난 계기가 단순히 그 술집에 들어갔기 때문일까?"

"고스기 말로는 그래. 우연히 들어갔다고. 그래서 더욱더 운명적이라고 느꼈을지도 모르지."

"운명적이란 말이지."

유가와는 가볍게 고개를 끄덕이며 실내로 들어섰다. 그의 눈길이 서랍장 위에 놓인 오디오 기기에서 멈추었다.

"좋은 기기를 가지고 있군. 이거 작년에 나온 신기종이야. 심플하면서도 음의 재현성이 뛰어난 제품이라고 하더군."

그렇게 말하면서 전원을 켜더니 CD 재생 버튼을 눌렀다. 스피커에서 흘러나오는 곡을 듣고 유가와는 의외라는 듯 눈을 동그랗게 떴다.

"정말 놀라워. 이거 〈잠자는 숲 속의 미녀〉잖아. 체육계 이미지와는 너무 안 어울려."

"그건 됐으니까 빨리 유령의 수수께끼나 풀어 보라니까."

"거참, 닦달하지 좀 마."

유가와는 옅은 미소를 머금으며 부엌의 식기 선반을 살펴보았다.

솔직히 구사나기는 유가와가 왜 갑자기 유령 목격담에 관심을 가지는지 도무지 이해할 수 없었다. 피해자의 손목에 상처가 있었다는 것과 관계가 있는 듯하지만 그 관련성을 알 수가 없었다.

그러나 이럴 때일수록 자꾸 질문을 던지면 안 좋다는 것을 구사나기는 지금까지의 경험으로 잘 알고 있었다.

일 층을 한번 둘러본 다음 두 사람은 이 층으로 올라갔다. 이 층에는 세 평짜리와 두 평 반짜리 방이 하나씩 있었다. 두 평 반짜리가 침실인 듯 자그만 옷장이 하나 있었다. 수납장에는 조금 낡은 이불이 들어 있었다. 세 평짜리 방은 작업실이었다. 컴퓨터 책상, 독서용 책상, 파일이 몇 개 꽂힌 책장이 있었다. 각각의 파일 등에는 〈프로 야구 1〉, 〈대학 럭비〉, 〈육상〉과 같은 항목이 적혀 있었다. 〈피겨 스케이팅〉, 〈펜싱〉과 같은 파일도 있었다.

"배드민턴은 없네. 역시 마이너 스포츠니까." 하고 유가와는 중얼거렸다.

"그건 그렇고, 이런 건 조사해 봤자 아무 소용 없을 텐데. 호소다니가 피해자의 유령을 본 것은 일 층이니까 빨리 아래쪽에서 실험을 해야 하는 거 아니야?"

구사나기의 말에 유가와는 안경 속의 눈을 동그랗게 뜨고 그를 바라보았다.

"오호, 실험 말이지. 어떤 실험?"

"그걸 내가 어떻게 알아. 눈의 착시 실험 같은 거 하려고 여기 온 거 아닌가?"

"아주 좋아. 자연 과학에 그렇게 거부 반응을 보이던 자네가."

유가와는 구사나기의 어깨를 툭 치고 방을 나섰다. 그리고 계단을 내려갔다. 바보 취급 당한 것 같은 기분으로 구사나기는 그 뒤를 따랐다.

다시 일 층 거실로 들어선 유가와는 창 쪽을 바라보고 섰다.

"거리가 수 미터 정도야. 그게 유령이건 마른 억새풀이건 보고 착각을 할 정도의 거리는 아니지. 호소다니라는 사람, 시력에는 별 문제 없겠지?"

"확인해 뒀어. 양쪽 다 0.7."

"0.7이라……."

유가와는 중얼거렸다.

스테레오 스피커에서는 클래식이 흘러나오고 있었다. 구사나기는 볼륨을 낮추려고 다이얼을 돌렸다. 그러자 지직, 지직, 잡음이 났다.

"구사나기, 고스기 사진 가지고 있어?"

"아니, 지금 없는데."

"그럼 고스기가 어떤 스타일인지 알아? 자네 말대로라면 치장에는 별로 신경 쓰지 않을 타입 같은데."

"그런 셈이지. 어찌 보면 좀 촌스럽다고 해야 하나."

"머리 스타일은?"

"그냥 스포츠형이야."

"아하."

유가와는 고개를 끄덕였다. 그러더니 입가에 주름을 잡으며 영문 모를 미소를 머금었다.

"뭐야, 그게 어쨌다는 건데?"

구사나기가 물었다.

유가와는 실내를 다시 둘러보더니 뭔가 생각하는 포즈를 취했다. 이윽고 스테레오를 끄더니 고개를 크게 끄덕였다.

"이번 사건 말이야, 처음부터 다시 조사해야 할지도 몰라."

"뭐라고?"

구사나기의 눈이 휘둥그레졌다.

"진범이 따로 있다는 건가?"

"아니, 범인은 아마 그대로일 테지. 그렇지만 사건의 성격이 완전히 바뀌어 버릴 가능성이 있거든."

"성격?"

"지금으로서는 충동적인 살인이라고 생각되겠지? 그런데

과연 그럴까?"

"충동 살인이 아니라면 계획 살인이란 말이야? 설마."

구사나기는 웃었다.

"이렇게 조잡한 계획 살인도 있나? 드러난 증거로만 보아도 모든 게 마구잡인데."

"아까 내가 자네에게 이런 말을 했었지. 호소다니가 환각을 보았다는 게 사실이라 해도 바로 그 순간에 살인 사건이 일어난 것은 참으로 희귀한 우연이라고. 그런 우연이 일어났을 때, 혹시 그게 필연이 아닐까라고 생각해 보는 것이 과학 세계의 상식이야. 즉, 그 시각에 유령이 나온 것도 살인이 일어난 것도 모두 애당초 예정된 일은 아닌지 가정해 본다는 거지. 그랬더니 모든 게 잘 맞아떨어지더라는 거야."

유가와는 단정적으로 말했다. 그 눈은 이미 과학자의 그것으로 돌아가 있었다.

"잘 맞아떨어져?"

"자네 말을 듣고 몇 가지 마음에 걸리는 게 있었어. 첫째는 피해자가 고스기를 방 안으로 들였다는 것이야. 아무리 집요하게 접근한다 해도 혼자 사는 여자가 좋아하지도 않는 남자를 방 안으로 들인다는 것은 누가 봐도 이상해. 나는 고스기가 억지로 밀고 들어갔다고 봐."

"그랬다가는 피해자가 고함을 지를 텐데."

"그럴 여유가 없지 않았을까. 고스기는 거구잖아. 작정하고 힘을 발휘하면 여자 입을 틀어막은 다음 열쇠를 빼앗아 다짜고짜 안으로 들어가는 것도 별 문제가 아냐. 그녀를 설득해서 들어가는 것보다야 훨씬 수월하지. 힘으로 하지 않았다면 클로로포름을 사용하는 방법도 있어."

거기까지 말하고 유가와는 스스로의 말에 취한 듯 고개를 끄덕였다.

"그렇지, 클로로포름이 좋겠어. 그러면 손목의 상처도 쉽게 설명이 되고."

"그걸 모르겠어. 손목의 상처가 무슨 상관이 있다는 건지."

"마음에 걸리는 두 번째 항목이 바로 그거야. 일상생활에서 손목에 상처를 입을 만한 일은 별로 없겠지. 그렇다면 자살미수? 그러나 자네 이야기 속에 등장하는 나가이 기요미는 그런 타입이 아니지."

"그러면?"

"범인 고스기가 남긴 상처라고 보는 게 타당하지 않을까. 자살로 위장하기 위한 포장이지. 방으로 들어갈 때 클로로포름을 사용했다면 기절해 있을 테니 손목을 슬쩍 그은들 저항할 수도 없지 않겠어?"

"그렇지만 현실은 목을 졸라 죽였어."

"예상하지 못한 일이 일어나지 않았을까. 예를 들어 혈관을 의도한 대로 자르지 못했다거나. 손목을 그어 자살하는 게 실제로는 몹시 힘들다는 이야기를 들은 적이 있는데."

"그건 그래. 동맥을 자르려고 하다가 손목 피부만 자르고 소동이나 부리는 일이 자주 일어난다고 하니까. 주저하다가 상처를 내는 경우도 많고."

"이번 경우도 그러는 사이에 피해자가 눈을 뜬 거야. 그래서 당황한 나머지 목을 조른 게 아닐까, 라는 것이 나의 추리."

흐음, 구사나기가 신음을 뱉어 냈다.

"그랬다면 현장에 피가 조금이라도 남아 있어야 할 텐데."

"고스기가 청소를 했을 거야. 경찰도 목을 졸라 죽였다는 것을 알고는 혈흔 검사를 하지 않았을 테고."

"그건……."

그럴지도 모른다고 구사나기는 생각했다.

"이상이 계획 살인의 근거야. 말할 것도 없겠지만 고스기가 그런 사실을 자백하지 않은 것은 같은 죄라도 충동 살인이라면 형량이 가벼워질 거라고 생각했기 때문일 테지."

충분히 있을 수 있는 이야기였다. 계획 살인의 죄가 훨씬 무겁다.

"그렇다면 유령이 나타난 것도 우연이 아니라는 말인가?"

"그런 셈이지."

유가와는 점잔을 빼며 말했다.

"그렇지만 그 유령 때문에 범행이 발각되고 말았어."

"그러니까 세상일이란 생각대로 잘 되지 않는다는 거야."

"대체 어떻게 된 건지 제대로 설명을 좀 해 봐."

"그건 계획적인 범행의 전모가 밝혀지면 저절로 드러나게 되어 있어. 우선 자네가 생각해야 할 것은 범행의 동기야. 계획적으로 사람을 죽이려 할 때는 적당한 동기가 있어야 해."

"그것도 우리가 조사를 안 한 건 아냐. 그렇지만 고스기와 나가이 기요미 사이에는 손님과 술집 호스티스, 반한 남자와 그 대상이 된 여자라는 관계 말고는 아무것도 없었어."

"하나도 빠뜨린 게 없다고 단언할 수 있어?"

얼굴은 웃고 있었지만 유가와의 말에는 날이 서 있었다.

"피해자에게는 거액의 빚이 있었어. 그 언저리를 좀 더 자세히 조사해 보면 어떨까. 그리고 고양이와 집을 보러 온 사람."

"고양이와 집을 보러 온 사람? 뭔데, 그건?"

"사건 당일 밤 고스기가 고양이를 맡았잖아? 갑작스러운 취재 건으로 집을 봐 줄 사람이 필요해진 것도 그 때문이야. 그게 과연 우연인지 아닌지 다시 한 번 조사해 봐야 하지 않을까."

"그것도 고스기의 계획이란 말이야?"

"만일 유령이 계획된 것이라면 그럴 수도 있겠지."

그런 다음 유가와는 중지로 안경테를 밀어 올렸다.

"아냐, 분명히 계획된 것이야."

4

"아, 그 사진이라면 본 적이 있어요."

카운터의 스틸 의자에 앉아 짧은 스커트 아래로 뻗은 다리를 꼰 채 오다 후지코가 말했다. 담배를 끼운 손가락 끝의 긴 손톱이 은색으로 빛나고 있었다.

구사나기는 신바 시의 클럽 'TaToo'에 와 있다. 나가이 기요미가 일하던 가게다. 시각은 오후 6시 40분. 가게 안에는 아직 손님이 없다.

"어떤 사진인지 기억해?"

"물론 기억하죠. 음침한 사진이었어요. 다마 공원묘지 옆에서 찍었다고 했어요. 이상하게 생긴 나무가 있고 그 곁에 허연 연기 같은 것이 찍혀 있었죠. 기요미짱은 영일 거라고 했지만, 글쎄요 뭐라고 단정하기는 힘들지 않을까 싶어요."

"다마 공원묘지라……, 그것 말고 다른 사진은?"

"그것뿐이었어요. 다른 것도 몇 장 찍었지만 영 같은 건 나오지 않았다고 하던데요."

"영은 그렇다 치고 그때 뭔가 재미있는 걸 찍었다는 말은 하지 않던가?"

후지코는 고개를 갸웃하며 잠시 생각하다가 고개를 저었다.

"그런 말은 하지 않은 것 같은데요."

"그런가. 그렇다면 그게 언제쯤이었지?"

"기요미짱이 사진을 보여 주었을 때? 아니면 사진을 찍었을 때?"

"둘 다 알 수 있으면 좋겠는데."

"사진을 내게 보여 준 건 두 달쯤 전이었던가? 기요미가 사진을 찍은 것은 아마 작년 십이월이었던 것 같은데……."

"십이월이라면 넉 달 전이로군."

"아, 맞아. 크리스마스 일주일 전이라고 했으니까 십이월 십칠일. 마음에 담고 있던 남자가 다른 여자 애를 이브 파트너로 초대한 걸 알고 속이 뒤집혀서 혼자 드라이브나 하다가 내친김에 심령사진이라도 찍어 보려 했다고 말했거든요."

십이월 십칠일, 다마 공원묘지. 그렇게 메모하고 구사나기는 고맙다며 클럽을 나섰다.

유가와를 만난 지 사흘이 지났다. 그의 충고에 따라 나가이 기요미의 대출 상황 등을 새로 조사한 결과 의외의 사실이 드러났다. 그녀는 요 두 달 사이에 약 이백만 엔의 대출금을 갚았다. 그 돈의 출처는 어디서도 드러나지 않았다. 적어도 그녀가 이전부터 저금을 한 흔적은 없었다.

그렇다면 생각지도 못했던 수입을 얻었다는 것일까. 그 점에 대해 호소다니 다다오에게 물어보았더니 그의 입에서 또 신비주의 냄새가 풍기는 대답이 나왔다.

요즘 들어 사진에 푹 빠져 있던 기요미는 심령사진을 찍으러 어떤 곳에 갔다가 우연히 엄청난 사진을 찍었다는 것이다. 거기에 대해 그녀는 '내겐 정말 행운의 사진'이라고 말했다고 한다.

호소다니가 그 사진들은 본 적이 없다고 해서 사이가 좋은 오다 후지코라면 보았을지도 모른다는 생각에 구사나기는 'TaToo'를 찾아간 것이다.

그러나 후지코 역시 그 중요한 '행운의 사진'은 보지 못한 것 같았다.

'TaToo'를 나선 뒤 구사나기는 데이도 대학으로 향했다. 서둘러 수사본부로 돌아갈 기분이 아니었다. 살인 동기에 관해 좀 더 조사해 보겠다는 구사나기의 의견을 과장은 흔쾌히 받아들였지만 본부는 사건 종료를 자축하는 분위기였다. 그래서 그를 바라보는 다른 수사관들의 눈길이 곱지만은 않았다.

"흠……, 십이월 십칠일 다마 공원묘지란 말이지."

구사나기의 말을 듣고 유가와는 컴퓨터 앞에 앉아 재빨리 키보드와 마우스를 조작하기 시작했다. 구사나기는 모니터의 뒤쪽을 바라보는 위치에 서 있어서 화면을 볼 수 없었다. 하기야 보인다 한들 유가와가 왜 그런 행동을 하는지 그 의미를 알 수도 없을 것이다.

"행운의 사진이란 무슨 뜻일까? 어떤 대단한 순간을 찍은 사진을 콘테스트에 보내 입선이라도 했다는 것일까? 그래서 그 상금으로 빚을 갚았다든지."

구사나기의 말에 유가와는 코웃음을 쳤다.

"나가이 기요미라는 여성의 개성을 생각해 볼 때 그런 일이 있었으면 여기저기 자랑하고 다녔을 거야. 게다가 사진 콘테스트에 입선하는 정도로 이백만 엔이나 되는 상금을 탈 리도 없고."

"하긴 그래."

구사나기는 머리를 긁적였다.

"그 문제의 사진이 나가이 기요미의 방에서는 발견되지 않았어?"

컴퓨터 화면에서 눈을 떼지 않은 채 유가와가 물었다.

"응. 방을 샅샅이 뒤졌지만 나오지 않았어. 필름도 사진도."

"그렇다면 그 사진이 사건과 관련되었을 가능성이 많다고 봐야겠지."

"뭐, 어떻게 그런 결론이 나와?"

"당연히 그렇게 되어야 하지 않겠어? 있어야 할 것이 사건을 경계로 없어지고 말았으니까 관련이 있을 거라고 생각하는 게 당연하지 않을까."

"아……."

그런 식으로 생각할 수도 있는 건가, 조금 놀라면서 구사나기는 유가와의 얼굴을 바라보았다.

"고양이와 집을 봐 달라고 했다는 것에 대해 뭐 알아낸 건 없어?"

유가와가 물었다.

"조사해 봤지. 몇 가지 묘한 점이 있긴 해."

구사나기가 수첩을 꺼내 펼쳤다.

"우선 고양이 말인데, 주인은 근처에서 책방을 하는 사람이야. 부부가 운영하는 작은 서점이지. 고스기와는 낯익은 사인데 고양이도 고스기를 잘 따랐다는 거야. 고스기에게 고양이를 맡기게 된 것은 부부가 아들과 손자를 만나기 위해 열흘간 캐나다로 가게 되었기 때문이었어. 아들이 해외 지사에 파견 근무 중이라고 해."

"요즘 같은 불경기에 참으로 부러운 이야기로군. 그렇지만 딱히 이상한 일은 아니지."

"지금부터가 중요해. 아무래도 고스기가 자진해서 고양이를 맡아 주겠다고 한 모양이야. 책방 주인은 세타가야에 사는 친척에게 맡길 예정이었는데 그가 자청하니까 기왕이면 가까운 곳이 좋겠다고 흔쾌히 제안을 받아들인 모양이야. 물론 지금까지 그런 일은 한 번도 없었고."

"아, 그랬군."

유가와는 고개를 끄덕였다.

"그 다음은?"

"사건 당일 고스기가 오사카에 취재를 나간 것 말인데, 그건 출판사의 요청에 따른 것이었어. 그러나 자세한 사정을 들어 보니 갑작스러운 취재는 아니었던 것 같아. 이전부터 이 시기에 해야 할 일이라는 것을 고스기도 잘 알고 있었다는 거야."

"그렇다면."

유가와가 화면에서 고개를 들었다.

"고양이와 취재가 연관성을 가지게 된 것은 고스기의 의도 때문이라는 거군."

"그렇긴 한데 그 목적을 알 수가 없어."

"그건 아주 간단해. 고양이를 두고서는 집을 비울 수 없으니 자연히 사람을 불러야 한다는 거지."

"집 볼 사람을 부르기 위해서였다는 거야, 그 목적이?"

"당연히 영을 목격해 줄 사람이 필요해서지."

그러고 나서 유가와는 고개를 한 번 저었다.

"아니, 이 경우는 유령이라고 해야겠지만."

"도무지 뭐가 뭔지 모르겠네."

"그 설명은 나중에 하기로 하고. 그보다는 이걸 한번 봐."

유가와는 컴퓨터 화면을 손가락으로 가리켰다.

구사나기는 유가와의 옆으로 가서 화면을 보았다. 어떤 문장이었다.

"뭐야, 이건?"

"신문 기사를 검색한 거야. 여기를 읽어 봐."

구사나기는 유가와가 가리킨 곳을 읽기 시작했다. 처음에는 고개를 갸웃하다가 몇 줄 읽고는 흥분해 버렸다. 그것은 다음과 같은 기사였다.

'18일 0시 45분경, 후주 시 ○○ 도로에 한 남자가 쓰러져 있다는 신고를 받은 후주 경찰서 소속 대원이 출동해 보니 60대 남자가 차에 치여 사망해 있었다. 남자는 머리를 심하게 부딪쳐 즉사한 상태였다. 후주 경찰서는 이 사고를 뺑소니 사건으로 보고 조사하고 있다. 경찰 조사에 따르면 남자는 도로를 건너려다가 차에 치인 것으로 보인다. 다마 공원묘지 바로 옆에 있는 현장 도로는 밤이면 사람의 통행이 거의 없는 곳이다.'

구사나기는 크게 숨을 들이쉬고 말했다.

“이거!”

“장소, 날짜, 시각, 모든 것이 일치하지.”

“잠깐만, 그렇다면 나가이 기요미는 이 뺑소니 순간을 찍었다는 말인가.”

“그럴 가능성이 많아. 그래서 그것이 그녀에게는 행운의 사진이 된 것이고.”

유가와가 하려는 말의 의미를 구사나기도 알 수 있었다.

“뺑소니 사건의 범인을 협박했다는 거로군.”

“그거라면 갑자기 이백만 엔이 생겼다 해도 전혀 이상하지 않지.”

유가와는 냉정한 표정으로 말했다.

“그것이 이번 살인과 관련되었다고 한다면…… 뺑소니의 범인은 고스기?”

“그건 아닐 거야. 만일 그렇다면 고스기가 자신을 협박하는 여자에게 사귀자고 덤빈 셈이 되겠지.”

“고스기가 아니라면 누구? 고스기의 가족, 아니면…….”

“연인이지.”

유가와가 말했다.

“사람을 죽여서라도 지키고 싶은 상대. 당연히 사랑하는 여자가 아닐까.”

“그러나 고스기는 나가이 기요미를…….”

거기까지 말하고 나서야 구사나기는 모든 것을 이해했다. 고스기가 기요미에게 접근한 것은 애당초 어떤 목적이 있어서였다.

"하지만 고스기의 방에서 연인의 흔적은 찾을 수 없었는데."

"당연하지. 그런 건 사전에 모두 지워 버렸을 테니까."

"그런가." 하고 구사나기는 중얼거렸다.

"그렇다면 문제는 어떻게 그 상대를 찾아내느냐는 거지. 역시 주변 인물을 하나하나 더듬어 볼 수밖에 없겠어."

"당연히 그래야겠지만 그리 어려운 작업은 아닐 거야. 그 범위가 아주 좁으니까."

"그럴까?"

"잊었어? 고스기가 말을 걸 수 있는 여자는 스포츠 선수뿐이라고 한 게 자네 아니었나?"

"아, 그렇지. 그렇지만 여자 스포츠 선수가 어디 한둘인가?"

"그렇긴 해도 밤중에 차를 타고 그런 곳을 지날 만한 스포츠 선수는 그리 많지 않아."

"실업팀 선수는 회사가 끝난 후 늦게까지 연습을 한다는 이야기를 들은 적이 있어. 여기 어디 지도 같은 거 없나?"

구사나기는 책장을 휘둘러보며 말했다.

"최신 지도가 있지."

유가와가 마우스를 조작했다. 몇 초 후, 화면에 도쿄의 지도

가 컬러로 떠올랐다. 구사나기가 입을 벌리기도 전에 후주 시 주변을 확대한 지도가 화면에 떠올랐다.

"문명의 이기에 너무 의존하면 인간성이 퇴보하고 말 거야."

괜한 한 마디를 던지고 구사나기는 화면을 응시했다.

"후주도 꽤 넓군. 실업팀을 가진 회사도 많을 것 같은데. 게다가 그 여자가 다른 곳에서 와서 단지 후주를 통과하려 했을 가능성도 있을 테고."

"통과만 하려 했다면 다른 넓은 길을 택했을 거야. 그런 구석진 길을 일부러 지나갔다는 것은 출발 지점이나 목적지가 이 부근 어디라는 얘기지."

"그렇긴 하지만……."

구사나기는 화면을 자세히 살펴보았다. 눈이 조금 아파 왔다. 손가락으로 눈두덩을 누르려 하는데 문자 하나가 시야에 들어왔다. 앗, 그는 자기도 모르게 소리쳤다.

"뭐가 있어?"

유가와가 물었다.

구사나기는 화면 위의 한 점을 가리켰다.

"이거 말이야."

그가 가리킨 것은 어떤 건물이었다. '아이스마리나 프렌드'.

"아, 스케이트장……."

"올림픽 선수는 영업시간 외에 연습을 한다고 해."

"고스기의 책장에 '피겨 스케이트'라고 적은 파일이 있었지 아마."

그렇게 말하고 유가와는 고개를 끄덕였다.

5

더블 액셀에 들어가려 하는 마에다 센쇼의 동작을 보고 가나자와 요리코는 저도 모르게 주먹을 불끈 쥐었다. 오른발을 휘둘러 올리며 점프. 회전의 그림이 아름답다. 그러나 착지할 때 균형이 약간 무너졌다.

요리코는 마이크에 입을 댔다.

"스피드가 떨어져. 점프도 약하고."

지시를 들었는지 센쇼의 스피드가 올라갔다. 콤비네이션 점프. 이번에는 멋지게 성공했다.

프렌드 아이스 클럽에는 초등학생과 중학생을 포함하여 스무 명 정도가 소속되어 있는데 그 가운데서도 중학교 2학년인 마에다 센쇼는 각별한 존재였다. 요리코는 센쇼에게 모든 것을 걸었다. 어떻게든 이 아이를 세계무대에 세우고 싶다, 마음속으로 늘 그렇게 외치고 있었다.

그때였다. 초등학교 코치 이시하라 유리가 다가와 말했다.

"저, 가나자와 선생님, 손님 오셨어요."

"이런 시간에? 누구?"

"그게……, 경찰인 것 같아요."

"경찰……."

이시하라 유리가 뒤편을 가리켰다. 입구에 코트를 입은 남자 둘이 서 있었다. 한쪽 남자가 요리코를 보고 가볍게 고개를 숙였다. 그녀는 가슴에서 검은 구름이 피어오르는 듯한 느낌에 사로잡혔다.

형사의 이름은 구사나기와 마키다. 구사나기가 윗사람인 듯했다. 자판기가 늘어서 있는 휴게실에서 요리코는 그들과 마주 앉았다.

"용건부터 말하지요. 고스기 고이치 씨를 아시죠?"

구사나기가 물었다.

"고스기가 일으킨 사건에 대해서도."

여기서 괜히 머뭇거리는 건 좋지 않다고 생각했다.

"예, 조금."

"사건에 대해서는 언제 어떻게 알게 되었지요?"

"그게 언제였더라, 그러니까 아마도 그 다음 날일 겁니다. 텔레비전 뉴스를 보고 알았습니다."

"놀랐나요?"

"그야 물론……."

"그 충격 때문에 쉬셨습니까?"

"예?"

"사건 다음 날 클럽을 쉰 걸로 아는데요. 아까 사무국에서 들었습니다. 주임 코치인 선생님이 쉬는 건 참 드문 일이라고 하더군요."

어투는 부드러웠지만 한 치의 빈틈도 없었다.

여기서 잘 견뎌야 해, 요리코는 생각했다. 여기서 참아 내지 못하면 모든 게 허사가 되고 만다.

"몸이 좀 안 좋았을 뿐이에요. 고스기 씨와는 아무 관계도 없어요."

"그렇지만 용의자 고스기와는 매우 친밀한 관계 아닙니까? 딱히 취재도 없는데 이곳을 자주 찾아왔다는 말을 들었는데."

"그 사람은 우리 마에다 센쇼를 주목하고 있어요. 딱히…… 나를 보러 오는 건 아닙니다."

날이 선 어투로 그녀가 말했다.

"아, 그렇습니까? 그런데 그 사건은 이번 달 십일에서 십일일에 걸친 심야에 일어났는데, 이 클럽은 십일에 쉬었다고 하더군요. 가나자와 씨는 어디 계셨지요?"

가장 중요하고 핵심적인 질문이지만 구사나기 형사는 벌섯 아니라는 투로 말을 던졌다.

"그러니까 그날부터 몸이 안 좋아져서 계속 집에 있었습니다."

"한 걸음도 바깥에는 안 나갔다는?"

"예."

"그걸 증명해 주시면 좋겠는데요."

구사나기는 정감이 넘치는 눈길로 요리코를 바라보았다.

그녀는 미간을 찌푸렸다.

"무슨 일로 그러세요? 그날 내가 뭘 했다고 이러세요?"

바로 그 순간 구사나기 형사의 얼굴에서 웃음기가 싹 사라졌다.

"사건 당일 선생으로 보이는 사람이 묘한 장소에서 목격되었어요. 용의자 고스기의 집 바로 옆에서 말입니다. 물론 목격자는 선생이라 생각하지 않고 나가이 기요미라고 착각했지만 말입니다."

요리코의 가슴에서 아릿한 통증이 일었다.

"말도 안 돼요. 내가 왜 그런 곳에?"

얼굴 근육이 뒤틀리는 것만은 어쩔 수 없었다.

"우리는 그것이 용의자 고스기의 알리바이 공작을 위한 거라고 생각하고 있어요."

"무슨……."

"우리의 추리는 이렇습니다. 당신은 나가이 기요미로 변장해서 그날 밤 한 시경에 용의자의 집을 방문할 생각이었습니다. 물론 거기에 그는 없었어요. 거기에는 고스기에게 집을 봐 달라는 부탁을 받은 야마시타 씨가 있었고 그는 나가이 기요미를 잘 모릅니다. 당신이 나가이 기요미라고 해도 의심하지 않았을 겁니다. 야마시타 씨가 고스기는 지금 집에 없다고 말하면 당신은 그곳을 떠날 예정이었습니다. 한편, 그에 앞서 용의자 고스기는 진짜 나가이 기요미를 죽이고 자살로 위장합니다. 그리고 밤 한 시에 취재팀에 합류합니다. 그것이 성공했더라면 고스기에게는 완벽한 알리바이가 생겼을 테지요. 물론 경찰은 야마시타 씨에게 나가이 기요미 본인의 사진을 보여 주면서 정말로 이 여자였느냐고 물을 겁니다. 인간의 기억이란 모호한 겁니다. 완전히 다른 차림이었다면 몰라도 복장, 머리 스타일, 화장 방식이 비슷한데다 나이나 체격까지 엇비슷하면 야마시타 씨도 다른 사람이라고는 생각하지 못할 겁니다. 당신들은 이런 기억의 성격에 도박을 걸었던 겁니다."

"농담이 지나치시군요. 내가 왜 그런 짓을 한단 말예요?"

요리코는 있는 힘을 다해 평정을 유지하려 했다. 그러나 목소리는 절망적으로 떨리고 있었다.

"당신은 휴대 전화를 가지고 있을 테지요."

구사나기가 말했다.

"용의자 고스기도 가지고 있습니다. 그리고 그날 밤 새벽 한 시 십오 분, 그가 당신에게 전화를 걸었다는 사실이 확인되었어요. 통화 시간은 약 오 분. 말해 보시죠. 그때 당신들 사이에 어떤 대화가 오갔는지."

전화.

요리코는 그때의 호출음을 떠올렸다. 기록이 남을 것이므로 어지간한 일이 아니면 전화를 하지 말자고 약속했었다. 그런데 전화가 울렸다. 그의 계획이 실패했다는 것을 직감적으로 알아차렸다.

요리코는 고개를 숙였다. 어떻게든 이 위기에서 벗어나야 한다. 그러나 아마도 뒷조사까지 충분히 했을 터인 형사들에게 어떤 해명이 가능하단 말인가.

게다가, 그녀는 생각했다. 그 사람만 범죄자로 만들어도 된단 말인가.

그러자 구사나기 형사가 툭, 말을 던졌다.

"계기는 역시 그 뺑소니였습니까?"

요리코는 저도 모르게 고개를 들었다. 눈앞에 구사나기 형사의 부드러운 눈길이 있었다.

그것을 본 순간 그녀의 마음속 벽이 무너졌다.

구사나기의 말대로였다. 모든 것은 그 추운 날 밤에 일어난 사고에서 비롯되었다.

그런 곳에서 갑자기 사람이 튀어나오리라고는 상상도 하지 못했다. 그즈음 요리코의 머릿속에는 온통 슬럼프에 빠진 마에다 센쇼에 대한 생각뿐이었다. 그런 상념 때문에 브레이크 밟는 속도가 영 점 몇 초 늦어지고 말았다. 헤드라이트 불빛 속에서 사람이 날아올랐다.

차에서 내려 살펴보았다. 쓰러진 사람은 남자였다. 꼼짝도 하지 않았다. 죽었다, 사람을 죽이고 말았다, 피가 거꾸로 솟는 것 같았다.

문득 정신을 차려 보니 요리코는 현장에서 멀어지고 있었다. 미안해요, 미안해요, 난 아직 할 일이 너무 많아요, 마음속으로 거듭거듭 그 말을 되뇌었다.

그 이후로 언젠가는 경찰이 찾아올 것이라는 생각이 그녀의 가슴속을 무겁게 짓눌렀다. 자신이 무슨 짓을 했는지 의식할 때마다 두려움의 무게가 늘어났다.

그러나 경찰은 찾아오지 않았다. 대신에 나가이 기요미라는 여자가 나타났다.

그녀는 한 장의 사진을 요리코에게 내밀었다. 거기에는 차에서 내리는 요리코의 모습이 또렷이 찍혀 있었다. 바로 그 장소에서. 그때 빛이 번쩍한 것 같은 느낌이 들었는데 설마 카메라의 플래시라고는 생각하지 않았고 또한 그것을 확인할 여유도 없었다. 사진에는 자신이 입은 점퍼에 프린트된 스케이트 클럽의 이름까지 선명히 드러나 있었다. 어떻게 기요미가 뺑소니 범인의 신원을 알아내 찾아올 수 있었는가를 말해 주는 사진이었다.

기요미가 말했다.

"일단 천만 엔."

비밀을 지켜 주는 대가라고 하면서.

"일단이라니, 그걸 받고도 또 협박하겠다는 말이야?"

"글쎄, 그건 나도 모르겠어. 그때 가 봐야 알겠지, 뭐."

그만한 돈은 주고 싶어도 없다고 하자, 할부도 된다고 했다.

"서둘러 줘. 나, 카드론 때문에 지금 고생하고 있거든."

천진난만한 어린아이의 투정처럼 들리기도 하는 말투였다.

다음 날 요리코는 은행 예금에서 이백만 엔을 인출해 그녀에게 건네주었다.

"돈이 마련되면 또 연락해 줘. 너무 오래 기다리게 하면 내가 찾아올 거야."

돈다발을 핸드백에 넣으면서 기요미가 말했다.

이대로 가면 안 돼, 평생 끌려다녀야 할 거야. 고민하던 끝에 요리코는 고스기에게 의논했다. 그와는 일 년 전부터 특별한 관계였다. 다만, 그 관계를 아무에게도 말하지 않았다.

빵소니와 협박이라는 두 가지 난제를 앞에 두고 고스기는 고뇌하는 표정을 지었다. 그러다가 이렇게 말했다.

"좋아, 내가 어떻게 해 보지."

그 한 마디에 요리코는 얼마나 마음 든든했는지 모른다.

그러나 고스기가 하려는 행동은 너무도 무모했다. 기요미에게 접근하여 친밀한 관계를 맺은 다음 뺑소니와 관련된 증거품을 빼앗겠다는 계획이었다. 여자 경험이 얕은 그에게는 너무도 어려운 일이었다.

그러는 사이에 기요미에게서 독촉 전화가 왔다. 그날 중으로 최소한 백만 엔을 마련해 주지 않으면 사진을 경찰에 보내겠다고 했다.

최종적인 결단을 내린 것은 고스기였다. 이 세상에서 지울 수밖에 없어, 하고 고스기는 말했다.

"그렇지만 그게 잘 될까?"

"잘 되고말고. 나는 지금까지 결정적인 순간에 실패한 적은 단 한 번도 없거든."

고스기가 세운 계획은 복잡하기 짝이 없었다. 무엇보다 요리코를 놀라게 한 것은 그녀가 기요미로 변장하고 고스기의 집으로 간다는 것이었다.

"괜찮아. 집을 봐 줄 야마시타라는 남자는 신경이 둔하니까. 자기와 기요미는 키도 비슷해서 옷과 머리 스타일만 맞추면 간단히 속을 거야."

"옷……."

"그 여자의 이미지 컬러는 노랑이야. 노란 옷을 입고 있으면 누구든 야마시타가 본 여자가 기요미라고 생각하게 되어 있어."

"그렇지만 만일 죽을 때의 옷차림하고 다르면 경찰이 의심하지 않을까?"

"기요미는 집에서 자살하게 돼. 직장에서 돌아와 옷을 갈아입었다고 생각할 테지. 만에 하나 다른 색깔의 정장 같은 걸 새로 샀다면 갈아입히면 그만이야."

야마시타를 만나서는 가능한 한 심각한 표정으로 대출금 문제로 고스기와 의논하고 싶어 왔다고 말하기로 했다. 고스기의 알리바이를 만들고 동시에 기요미의 자살을 그럴듯하게 꾸며 놓는 것이다.

자살을 위장한 살해 계획은 듣기에도 아슬아슬했다. 기요미가 돌아오기를 기다렸다가 에테르를 흡입하게 해서 기절시킨다. 열쇠로 문을 따고 들어가 뺑소니의 증거품을 찾아낸 다음 그녀의 손목을 그어 욕조에 집어넣는다는 것이었다.

위험하지만 해야만 하는 일이라고 그는 말했다. 이대로 가다가는 모든 것을 잃고 말 것이라고.

그가 그렇게 말하는 이상 요리코는 따르지 않을 수 없었다.

애당초 모든 일의 책임은 자신에게 있었기에.

그리고 문제의 밤이 되었다.

택시를 타고 고스기네 집 가까이로 간 그녀는 깊이 숨을 들이쉬고 문 앞으로 다가갔다. 새벽 한 시 조금 전이었다.

그녀는 현관 벨을 누르려 했다. 그때였다. 안에서 목소리가 들려왔다. 어이, 야마시타, 잠들었어?

다른 사람이 또 있다. 요리코는 안절부절못했다. 두 사람이라면 위험도는 더 높아진다.

그 순간 실내의 불이 꺼졌다.

요리코는 창가에 서서 안을 엿보려 했다. 도대체 저 안에 누가 있을까.

그때 어둠 속에 서 있는 남자와 눈이 마주쳤다. 상대가 소리쳤다. 기요미, 하고.

상대는 나가이 기요미를 알고 있다. 순간적으로 그것을 깨달은 그녀는 서둘러 그 자리를 떠났다. 길가로 나와 몸을 구부리는데 기요미, 아까보다 더 큰 목소리가 들렸다.

고스기에게서 전화가 온 것은 그로부터 잠시 후였다.

"미안, 일이 좀 틀어지고 말았어."

그의 목소리가 깊은 우물 밑에서 들려오는 것처럼 어두웠다.

"못한 거야?"

"아니, 했어."

조금 틈을 두고 나서 말을 이었다.

"기요미를 죽였어."

"그럼……."

"자살로 위장하지 못했어. 도중에 눈을 뜨고 버둥대는 바람에 나도 모르게 그만."

"그러면……."

"그렇지만 괜찮아. 그 증거품을 찾았으니까. 찾아서 바로 처분해 버렸어. 손목의 상처도 이전에 난 것처럼 위장해 두었고."

요리코는 입술을 깨물었다. 무슨 말을 해야 좋을지 몰랐다.

"자기 쪽은 어때?"

"그게……."

요리코는 사정을 설명했다. 두 명이 집을 지키는 상황을 고스기는 꿈에도 생각하지 못했다.

"그랬구나. 어쩔 수 없지 뭐. 이제 하늘에 맡기는 수밖에."

"어떻게 될까, 우리?"

"괜찮아. 잘될 거야."

그는 억지로 밝은 목소리를 냈다.

그러나 하늘은 그들 편이 아니었다.

6

“이야기는 이렇게 된 거야.”

긴 이야기를 끝내고 구사나기는 의자 위에서 몸을 쭉 폈다.

“거의 자네가 추리한 대로였어. 두손들었어.”

“딱히 어려운 추리는 아니었지. 하나하나 해답을 찾아가면 누구든 최종 결론에 도달할 수 있는 그런 일이었으니까.”

재미도 없다는 표정으로 유가와는 인스턴트커피를 마셨다.

“어떻게 유령의 정체가 공범자라는 것을 알았어?”

“그건 생각하기에 따라서는 가장 간단한 추리일지도 몰라. 죽은 여자가 다른 장소에서 목격되었으니까 어떤 트릭을 사용했음에 분명하지. 그래서 그게 무엇을 위한 트릭인지를 생각하면 당연히 알리바이 트릭이라는 결론이 나오지 않을까?”

“하지만 그러려면 여자 공범자가 필요해. 고스기의 주위에서 여자라고는 냄새도 나지 않았는데 어떻게 그렇게 확신했지?”

“주저 없이 확신한 건 아냐. 그래서 고스기의 방을 살펴보았고, 그 결과 친밀한 여자가 있다는 확신을 가졌지.”

“방을 보고? 여자 비슷한 냄새도 찾을 수 없는 그 방에서 어떤 힌트를?"

그러자 유가와는 빙긋 웃으며 "소음"이라고 말했다.

"소음? 뭔데, 그건?"

"고스기의 스테레오는 볼륨 다이얼을 돌리면 잡음이 나잖아."

"아, 그야 스테레오가 오래되면 그런 소음이 날 수도 있는 거 아냐?"

"문제는 바로 그거야. 고스기의 스테레오는 신형이었어. 그런데 왜 소음이 나느냐 이거야. 그 소음은 실리콘 화합물 때문이야. 다이얼에 칠해진 윤활유가 공기 중에 떠도는 실리콘 미립자와 결합해서 그런 소음을 만들어 내는 거지."

"자네가 박학다식하다는 건 잘 알지만 그거랑 여자가 무슨 관계가 있어?"

구사나기는 약간 짜증 섞인 목소리로 물었다.

"어떤 음향 기기 메이커에서 묘한 데이터를 하나 얻었다고 해. 다른 곳보다 러브호텔에 납품한 스테레오에서 소음이 빨리 난다고. 유수의 연구자들이 그 원인을 열심히 조사했지. 그리고 하나의 결론에 도달했어."

유가와는 검지를 세웠다.

"원인은 여자가 사용하는 헤어스프레이였어. 그 속에 포함된 실리콘이 스테레오 기기 안에 침입하기 때문이래."

"헤어스프레이……."

구사나기는 유가와가 했던 질문을 떠올렸다.

"그래서 고스기의 머리 스타일을 물었던 거야?"

"스포츠형이라면 스프레이가 필요 없을 테니까."

유가와는 빙긋 웃으며 머그 컵을 들어올렸다.

"그렇게 된 거로군. 여자의 흔적에도 참 여러 가지가 있네."

"보이는 것에서 보이지 않는 것까지. 그런데 그 가련한 범인들은 지금 어떻게 됐어?"

유가와의 물음에 구사나기는 한숨을 내쉬고 말했다.

"매일 밤 자신들이 죽인 원혼에게 시달리고 있을 테지."

"망령은 마음속에 있으니까."

유가와는 창의 커튼을 활짝 열었다.

3장

떠드는 영혼

1

조간신문에는 별로 주목할 만한 기사가 없었다. 구사나기는 종이 팩에 든 우유를 스트로로 빨아들이면서 스포츠난을 살펴보았다. 그가 응원하는 요미우리 자이언츠가 9회 말에 역전패했다. 그는 얼굴을 찌푸리며 조간신문을 덮었다. 그런 다음 손을 파자마 호주머니에 찔러 넣고 옆구리를 벅벅 긁었다. 컵라면 용기가 놓인 테이블 위에 오월의 햇살이 비치고 있었다. 황금연휴가 지나자 맑은 날이 이어졌다. 구사나기는 쭉쭉 소리를 내며 우유를 다 빨아들인 다음 종이 팩을 쓰레기통 속에 던져 넣었다. 그러나 종이 팩은 가득 찬 등나무 쓰레기통에서 다른 쓰레기 몇 개를 거느리고 다시 바깥으로 튀어나와 버렸다. 편의점 도시락 용기라든지 샌드위치 포장지 같은 것들이다. 집에서 거의 밥을 해 먹지 않는 그의 쓰레기통 속에는 편의점에서 사 온 음식물의 포장지가 가득하다.

진저리를 치면서 쓰레기를 주워 들고 좁은 방 안을 둘러보았다. 이불을 늘 깔아 두는 통에 바닥에는 발 디딜 틈도 없다. 이래서는 애인이 생긴들 데려올 수도 없다는 생각이 들어 괜히 서글퍼졌다.

청소를 할까 하고 일어서려는데 전화벨이 울렸다. 구사나기는 주간지 더미 속에서 무선 전화기를 찾아 통화 버튼을 눌렀다.

모리시타 유리였다. 구사나기의 누나다.

"에이, 누나구나."

"왜, 나면 안 되니? 나도 용건이 없으면 너한테 전화 안 해. 어쩔 수 없으니까 하는 거지."

유리는 빠른 어투로 반격을 가했다. 구사나기는 옛날부터 이 누나와 말싸움해서 이겨 본 적이 없다.

"그런데 무슨 용건?"

"너 오늘 쉬지?"

"그걸 어떻게 알았어?"

"엄마가 그러더라."

"아, 그랬구나."

구사나기의 부모는 건재하시고 지금 에도가와 구에 산다. 제사 문제로 그는 사흘 전에 어머니와 통화를 했다.

"의논할 일이 좀 있어. 오후 두 시에서 세 시 정도, 신주쿠까지 좀 나와 줄래?"

"오늘, 지금? 급한 일인 모양이네."

"응, 급한 일이야. 나올 거지? 어차피 같이 시간 보낼 사람도 없을 테니까."

"그렇다고 누나랑 데이트라니. 아, 처량한 이 신세."

"그런 걱정은 안 해도 돼. 나도 너랑 노닥거릴 만큼 여유로운 사람은 아니니까. 다른 여자랑 같이 갈 거야. 그 사람 말을 좀 들어 주면 돼."

"엉?"

여자라는 말에 마음이 움직였다.

"어떤 사인데?"

"친구의 여동생."

그런 다음 유리는 이렇게 덧붙였다.

"미인이야. 옛날에는 국제회의 도우미도 했을 정도니까. 너보다 다섯 살 아래고."

"흐음."

흥미가 일었다.

"그런 거야 아무 상관 없지만."

"만나 줄 거지?"

"어쩔 수 없지, 뭐. 급한 사정인가, 그 사람?"

"응, 꽤 심각한 일인가 봐. 이야기를 들어 보니 너랑 의논하는 게 가장 좋을 것 같다는 생각이 들었어. 꼭 의논 상대가 되어 줘. 네게 큰 기대를 하고 있으니까."

"알았어. 좋아. 의논하려는 내용이 뭔지 말해 봐."

"자세한 것은 만나서 이야기하겠지만, 간단히 말하면 실종이야."

"실종? 누가 없어졌는데?"

"그녀의 남편."

신주쿠 역 서쪽 출구 쪽에 있는 고층 호텔의 티 라운지에서 구사나기는 유리와 그녀를 만났다. 누나에게 속았다는 생각을 지울 수 없었다. 의논하려는 사람이 유부녀라는 사실을 처음부터 알았더라면 아까운 휴일을 이런 식으로 보내지는 않았을 것이다.

유리는 벌써 와 있었다. 그가 들어서자 유리는 구석 자리에서 손을 흔들었다. 그 옆에 젊은 미인이 앉아 있었다. 척 보기에도 유부녀다운 안정된 분위기를 풍겼다. 남의 여자를 만나서 뭘 하나 생각하면서 그는 가까이 다가섰다.

유리는 둘을 서로에게 소개해 주었다. 여자 이름은 간자키 야요이였다.

"소중한 시간을 이렇게 내주셔서 감사합니다."

야요이는 고개를 숙였다.

"얘는 어차피 시간이 남아돌아."

유리가 옆에서 장난스럽게 말했다.

"남편께서 행방불명되었다고 들었는데?"

구사나기는 바로 본론으로 들어갔다.

"예."

야요이는 고개를 끄덕였다.

"언제부터죠?"

"닷새 전입니다. 그날 출근한 후 돌아오지 않았어요."

"닷새……, 경찰에 신고는 했습니까?"

"예, 신고했습니다. 그렇지만 지금까지 아무런 단서가 없다고……."

그녀는 그렇게 말하고 고개를 숙여 아래를 내려다보았다.

야요이의 남편 간자키 도시유키는 건강용품 메이커에서 서비스 엔지니어로 근무하고 있다고 한다. 노인 시설이나 재활 기관 등에 납품한 기구를 점검 수리하는 것이 주된 업무라고 한다. 거의 하루 종일 라이트 밴을 타고 바깥으로만 움직인다는 것이다.

회사의 설명대로라면 도시유키는 닷새 전 오후에 회사를 나섰다. 그 후 라이트 밴째 사라지고 만 것이다.

"회사 쪽에서도 남편이 들를 만한 곳은 모두 조사해 보았지만 행방을 알 수 없다고 해요. 하치오지에 있는 노인 시설을 나선 것이 오후 다섯 시경인데 그 후의 행적에 대해서는 도무지 파악이 되지 않는다네요."

야요이는 애써 냉정하게 말하는 듯했다. 감정을 억누른 목소리로 그것을 알 수 있었다. 그러나 구사나기는 그 눈자위가 붉게 물든 것을 보았다.

"사고가 아니면 좋겠는데."

유리가 불안한 목소리로 말했다.

"단언하기는 어렵지만 사고일 가능성은 적다고 봐."

"그럴까?"

"실종 신고를 하면 경찰은 맨 먼저 전국의 사고 정보를 조회하니까. 라이트 밴을 탄 채 사고가 났는데도 확인되지 않는 경우는 생각하기 힘들어. 산간벽지라면 또 모를까, 남편이 마지막으로 있었던 장소가 하치오지잖아."

설명을 듣고 그건 그렇다면서 유리는 고개를 끄덕였다.

"남편이 자신의 의지로 실종했을 가능성은 어떨까요? 도저히 생각할 수 없는 일인가요?"

구사나기는 야요이에게 물었다.

"그건 있을 수 없는 일이에요."

그녀는 고개를 저었다.

"그 사람이 그럴 이유가 전혀 없어요. 그리고 입은 옷 그대로 가출하는 사람이 있을까요?"

"집에서 없어진 물건은 없나요? 예를 들면 예금 통장 같은 거."

"경찰에서도 그런 말을 하기에 찾아보았습니다. 없어진 건 하나도 없었어요. 적어도 그 사람 몸에 돈이 될 만한 것은 아무것도 지니지 않았을 거예요."

"그렇군요."

구사나기는 고개를 끄덕였다.

물론 자기 스스로 사라졌을 가능성이 전혀 없는 것은 아니다. 입은 옷차림 그대로 바람처럼 사라지는 인간이 의외로 많다는 것을 구사나기는 알고 있었다. 또한 계획적인 실종이라 하더라도 본인의 의사를 밝혀 줄 단서가 금방 발견되지 않는 경우도 있다. 은행 예금을 교묘하게 빼돌리고 집에 있는 귀중품을 시간을 두고 하나씩 가져가는 경우도 있다.

"내용은 잘 알았습니다. 그렇지만 솔직히 말씀드려서 제가 힘이 되어 드릴 만한 일은 없을 것 같습니다. 경찰에 신고하셨으니까 우선 그쪽에서 오는 연락을 기다릴 수밖에 없지 않을까요?"

"너, 너무 냉정해."

유리가 노려보며 말했다.

"나도 어차피 똑같은 경찰이잖아. 내가 할 수 있는 일이라면 그 지역의 경찰도 할 수 있어. 바꾸어 말해 지역 경찰이 손을 쓸 수 없는 일이라면 나도 어쩔 수 없다는 거야."

게다가 자신의 전문 분야는 살인 사건이지 가출이 아니다. 그렇지만 구사나기는 그 말만은 삼켜 버렸다.

유리가 입을 다물었다. 어색한 분위기 속에서 구사나기는 커피를 마셨다. 식어 버린 커피였다.

"저……."

야요이가 고개를 들어 구사나기의 얼굴을 똑바로 바라보며 말했다.

"한 가지 마음에 걸리는 게 있어요."

"뭔데요?"

"하치오지의 노인 시설을 나선 후 남편이 들르지 않았을까 싶은 집이 하나 있거든요."

"아, 그렇습니까? 어딘데요?"

"남편은 전에 지금의 회사에서 정수기 판매를 담당했습니다. 그때는 주로 개인 주택을 방문했던 것 같아요."

"그런데요?"

"그즈음 혼자 사는 한 아주머니와 친해졌다고 해요. 정수기를 점검할 필요가 없어도 근처에 갈 때면 자주 들르는 것 같았어요. 남편 말로는 다리도 불편하고 심장도 좋지 않아서 늘 마음에 걸린다고 하더군요."

"최근에도 마음이 쓰여 자주 들렀다는 겁니까?"

"한 달에 한 번 정도는 가는 것 같았어요. 때로 그 아주머니에게 받았다면서 과자나 만두 같은 것을 가지고 오기도 했으니까요."

"그 아주머니의 집은 어디입니까?"

"후주예요."

야요이는 핸드백을 열고 연하장을 꺼내 테이블 위에 올려놓았다. 만년필로 쓴 글씨를 보니 꽤 달필이었다. 보낸 사람의 이름은 다카노 히데. 주소는 분명히 후주였다.

"다카노 씨한테는 연락을 해 보았습니까?"

연하장을 흔들면서 구사나기가 물었다.

"전화해 보았습니다."

"다카노 씨는 뭐라고?"

"그게……."

야요이는 고개를 숙였다. 뭔가를 망설이는 눈치였다. 이윽고 다시 고개를 들고 말했다.

"다카노 씨, 돌아가셨어요. 바로 며칠 전에……."

2

데이도 대학 공학부 물리학과 제13연구실 문을 열자 파란 불꽃이 보였다. 하얀 가운 차림의 유가와 마나부가 가스버너를 들고 서 있었다.

"뭐야, 노크도 안 하고!"

유가와가 소리쳤다. 버너 소리가 시끄러웠다.

"했지만 대답이 없었어!"

구사나기가 더 큰 소리로 외쳤다.

유가와는 일단 불을 끄고 버너를 내려놓았다. 그리고 가운을 벗었다.

"더워. 역시 이 실험은 실내에서 할 게 아냐."

"무슨 실험?"

"아주 간단한 전기 실험이야. 초등학생 때였던가? 배터리와 전구를 연결해서 스위치를 넣는 거. 그러면 전구에 불이 들어오잖아. 그런 실험이야."

유가와는 실험용 책상 위를 손가락으로 가리켰다.

거기에는 그의 말대로 전원으로 보이는 네모난 상자와 소프트볼 크기만 한 전구 두 개가 연결되어 있었다. 그것만이라면 초등학생의 실험과 다를 바 없지만 한쪽 전원에는 중간에 몇 센티미터 길이의 유리가 연결되어 있었다.

"뭔데, 이 유리 막대기는?"

구사나기가 물었다.

"뭐긴 뭐야, 그냥 유리 막대기지."

"유리는 전기가 통하지 않잖아. 혹시 이거 특수 소재로 만든 건가?"

"어떻게 생각해?"

유가와가 빙긋 웃었다. 이 젊은 물리학자는 옛날 동창생과 과학에 대해 뚱딴지같은 대화를 주고받는 게 꽤나 즐거운 것 같았다.

"모르니까 묻지."

"묻기 전에 스스로 한번 해 봐. 스위치를 넣으면 되는 거야. 그래, 그 상자 위에 붙은 게 스위치야."

유가와의 말대로 구사나기는 조심스럽게 스위치를 눌렀다. 혹시나 위험하지는 않을까 해서 몸을 움츠렸지만 아무 일도 없었다.

"뭐야, 전기가 안 통하잖아."

"특수 소재가 아닌 보통의 유리지. 유리는 절연체고. 전류가 흐르지 않아."

"그럼 왜……."

"그렇지만 이렇게 하면 어떨까?"

유가와는 라이터로 버너에 불을 붙였다. 흔들거리며 타오르던 불꽃이 공기량을 조절하자 날카로운 파란 불꽃으로 바뀌었다. 그는 그 불꽃을 유리 막대기에 가까이 댔다. 유리 막대기 아래에는 벽돌을 받쳐 두었다.

버너의 불꽃에 뜨거워진 유리 막대기가 점점 붉어졌다. 금세라도 녹아내릴 것 같았다. 전구가 팟, 밝아졌다. 전류가 흐른 것이다. 구사나기는 저도 모르게 앗, 하고 소리쳤다.

"유리의 주성분은 규소 이온과 산소 이온이야. 고체일 때는 이 두 개의 이온이 착 달라붙어 있어. 그런데 열을 가해 유리를 녹이면 그 결합이 풀리지. 플러스 전하를 가진 규소 이온은 마이너스 쪽으로, 마이너스 전하를 가진 산소 이온은 플러스 쪽으로 끌려가. 그 결과 전류가 흐르게 되는 거야."

구사나기는 유가와의 설명을 잘 이해할 수 없었다. 그러나 눈앞의 반쯤 녹은 유리 막대기가 평소에 보아 온 유리와 전혀 다른 성질을 가지게 되었다는 것만은 알 수 있었다.

유가와가 버너를 껐다. 그것으로 실험은 끝난 모양이라고 구사나기는 생각했다. 유리가 원래의 모습을 되찾으면 전류가 흐르지 않으므로 전구의 불도 꺼지리라 생각했다. 그러나 아니었다. 버너의 불이 없이도 유리 막대기는 변함없이 강렬한 빛을 내고 있었다. 전구도 켜진 채였다.

"어느 정도 이상의 전류가 흐르기 시작하면 거기에 따른 저항 발열로 유리 막대기 자체가 계속 열을 내게 돼. 그래서 외부에서 열을 공급하지 않아도 전류는 계속 흘러."

"와! 범죄를 계속 저지르는 인간의 심리하고 똑같네."

"그건 또 무슨 말이야?"

"어떤 동기가 있어. 그 동기 때문에 화가 나서 범죄를 저지르지. 그런데 한번 저지른 그 범죄 때문에 또 열이 올라 앞뒤 가리지 않고 다음 범죄를 저질러. 악순환의 표본이라고 할까. 불현듯 정신을 차려 보면 최초의 동기 같은 건 어디로 가 버렸는지 흔적도 없다는 거지."

하하하, 유가와는 웃었다.

"그래, 정말 닮았어."

"어디서 스위치를 끊으면 좋을까?"

"스위치를 끊지 않으면 이렇게 되지."

유가와는 유리 막대기를 가리켰다. 빨갛게 달아올라 빛을 내던 유리 막대기는 이윽고 스스로의 열에 녹아 버렸다. 그러자 전구의 불도 꺼졌다.

"마지막에는 자신을 파멸시키고 마는군."

'미후쿠'는 대학 정문에서 걸어서 몇 분 거리에 있다. 술집이지만 식사 메뉴도 많다. 학생을 상대로 하기 때문일까. 구사나기는 학생 시절에 자주 가던 그 가게를 설마 이런 나이에 찾으리라고는 꿈에도 생각하지 못했다. 유가와가 이곳이 좋다고 하니 어쩔 수 없는 노릇이다.

오늘은 특별한 볼일이 있어서가 아니라 오랜만에 같이 식사나 하면서 술이라도 한잔할까 해서 모교의 연구실을 찾아왔다. 두 사람은 옛날처럼 카운터 구석 자리에 나란히 앉았다.

같이 알고 지내는 친구의 근황을 잠시 입에 담았다가 구사나기는 지나가는 투로 오늘 낮에 만난 간자키 야요이에 대해 이야기했다. 유가와는 딱히 관심을 보이지 않는 듯했지만

"다카노 씨 집을 조사해 보는 게 좋지 않을까."라고 말했다.

"역시 그래야겠지?"

"그 친척이 관련되어 있지 않나 싶은데."

"그럴지도 모르지."

구사나기는 유가와에게 맥주를 따라 주고 자신의 잔에도 채웠다.

간자키 야요이에 따르면, 다카노 히데의 집에 전화를 했더니 어떤 남자가 받았다고 한다. 그 남자는 다카노 히데의 친척이라고 했다. 우리 남편이 거기 가지 않았느냐고 물었더니, 그런 사람은 모르고 지금 아주머니가 세상을 떠나 경황이 없다면서 전화를 끊어 버렸다는 것이다.

야요이는 뭔가가 마음에 걸려 직접 다카노의 집을 찾아가 보았다. 삼십 대 후반으로 보이는 사람이 나왔다. 전화를 받았던 남자는 아닌 것 같았다.

야요이는 간자키 도시유키의 사진을 보여 주면서 최근에 이런 사람이 오지 않았느냐고 물었다. 남자는 사진을 자세히 보지도 않고 최근에 이곳을 찾아온 사람은 없다고 대답했다. 그래도 그녀가 질문을 더 하려 하자 남자는 미간을 찌푸리며 험악하게 굴었다. 왜 그리 말이 많아, 모른다면 모르는 거야, 괜히 사람 귀찮게 굴면 가만두지 않겠어, 그런 느낌을 주는 태도였다고 한다.

어쩔 수 없이 야요이는 다카노의 집에서 발길을 돌려 이번에는 이웃 사람들에게 물어보았다. 그랬더니 지금 다카노의 집에는 몇 명의 남녀가 살고 있다는 것이었다. 두 달 전부터 드나들기 시작하더니 어느새 눌러앉은 것 같다고 했다. 생전의 히데는 그들을 조카 부부들이라고 말했다고 한다. 혼자 외롭게 살던 사람이라 그런지 조카들의 방문을 무척 기뻐했다고 한다.

히데의 사인은 심장 마비였다. 장례식은 마을 회관에서 조용히 치러졌다. 그런데 야요이의 마음에 한 가지 걸리는 게 있었다. 공교롭게도 바로 다카노 씨가 죽은 날 간자키 도시유키가 행방불명된 것이다.

"조사를 하려면 티끌만 한 명분이라도 있어야 하는데 말이야. 지금 상태로는 아무것도 할 수 없어. 적어도 형사의 신분으로는."

"내 친구 가운데 추리 소설을 지독히 싫어하는 사람이 있지."

유가와는 해삼을 입 안에 넣으면서 말했다.

"왜 싫어하느냐 하면 범인들이 너무 어리석기 때문이래. 그들은 경찰을 속이려고 교묘한 트릭을 생각해 내지. 그런데 이상하게도 시체를 숨기는 일에는 머리를 쓰지 않아. 시체만 완벽하게 처리해 버리면 애당초 사건이 일어났는지조차 모를 테니까 경찰이 수사를 하려 해도 할 수 없을 텐데 말이야."

"그 친구란 자네를 말하는 거 아닌가?"

"글쎄."

유가와는 맥주를 단숨에 목 안에 부어 넣었다.

3

간자키 야요이는 신주쿠에서 구사나기 형사를 만난 지 이 주일쯤 후, 그에게 전화를 걸었다. 그동안 구사나기는 그녀에게 힘이 될 만한 일을 아무것도 하지 못했다. 자기가 맡은 사건의 범인을 체포해서 그 증거를 확인하고 보강하느라 눈코 뜰 새 없었기 때문이다.

"죄송합니다. 번잡한 일들이 많아서……. 한번 들를 생각은 했지만."

구사나기는 변명하듯이 말했다.

"경찰이 아무 말도 않던가요?"

"예. 한번 문의를 했지만 이해할 수 없는 말만 했습니다."

"아, 그런가요."

그도 그럴 것이라는 생각이 들었다. 경찰이 실종자에 대해 관심을 가지는 것은 신원 불명의 시체가 발견되는 경우뿐이다.

"저, 구사나기 씨. 그 이후로 몇 번 다카노 씨 집을 찾아가 보았는데요."

조금 망설이는 듯하면서 야요이가 말했다.

"새로운 거라도 있습니까?"

"아닙니다. 새롭다고 할 정도는 아니지만, 좀 묘한 것이……."

"묘한 거라니요?"

"그 사람들 매일 밤 어딘가로 가는 것 같아요. 그것도 늘 같은 시간에."

"잠깐만요. 간자키 씨, 매일 밤 그 집을 감시했다는 말입니까?"

구사나기가 묻자 야요이는 침묵했다. 가느다란 숨소리가 들릴 뿐이었다.

"아, 이건 따지려고 하는 말이 아닙니다."

구사나기는 서둘러 말을 덧붙였다.

"왜 그렇게 그 집에 신경을 쓰느냐는 생각이 들어서."

"그건……, 육감 때문에."

"아하, 육감이란 말이죠."

"아마 웃으시겠지요. 형사님에게 육감이라는 말을 하니까."

"아니, 그렇지 않습니다."

"저, 남편이 마지막으로 들렀다는 하치오지의 노인 시설에 가 보았습니다. 거기서 그날 남편과 대화를 나누었다는 할머니를 만났습니다. 무척 상냥한 분이셨는데, 그 할머니가 그런 말을 했거든요. 그 순간 어떤 느낌이 들었습니다. 여기서 돌아가는 길에 남편이 다카노 씨 집에 들르지 않을 리가 없다고요. 노인 시설에까지 왔는데 절대로 다카노 히데 씨를 잊을 리 없다고 말이죠."

이번에는 구사나기가 입을 다물 차례였다. 야요이의 말에는 설득력이 있었다. 분명히 육감이기는 하다. 그러나 전혀 근거가 없는 말은 아니다. 논리적인 육감이라고 하면 될까. 유가와 마나부가 그런 말을 듣는다면 진저리를 칠지도 모르지만.

"매일 밤 같은 시간에 나간다고 하셨지요?"

아까 야요이가 한 말을 떠올리며 구사나기가 물었다.

"어디로 가는지 확인은 하셨나요?"

"아니요, 가는 곳까지는. 왠지 좀 무서워서……."

그녀는 말꼬리를 흐렸다.

구사나기는 그녀의 속내를 알아차렸다. 어떤 기대를 품고 전화를 걸었는지 알 수 있었다.

"좋습니다. 내일 밤에는 시간이 있으니까 같이 가 봅시다."

다음 날 저녁 일곱 시 반. 구사나기는 야요이와 둘이서 빨간 경차를 타고 있었다. 도시유키의 승용차인 것 같았다. 그러나 그가 운전하는 경우는 거의 없었다고 그녀는 말했다.

"매일 운전을 하며 바깥으로 돌아야 하는 일이다 보니 아마 휴일에는 핸들을 잡고 싶지 않았을 거예요."

그렇게 말하는 그녀의 표정에는 남편의 생존을 체념한 듯한 분위기가 감돌았다.

두 사람은 도로 가에 차를 세운 채 앉아 있었다. 도로 맞은편에는 오래된 단독 주택들이 늘어서 있었다. 모두 1960년대식 집인 것 같았다. 왼쪽에서 세 번째가 다카노 씨의 집이다. 그리 넓어 보이지는 않았다. 대지가 서른 평 정도일 것으로 구사나기는 판단했다.

야요이에 따르면 현재 두 부부가 살고 있다. 하나는 다카노 히데의 조카 부부이고 다른 하나는 조카며느리의 오빠 부부인 것 같다고 한다. 이웃 사람에게 그렇게 말했다는 것이다.

"그렇지만 그 사람들, 이웃 사람들에게 별로 평판이 좋지 않아요. 다카노 히데 씨와 같이 살 때에는 사람을 만나면 붙임성 있게 굴었는데 히데 씨가 세상을 떠나자마자 갑자기 태도가 바뀌어 요즘은 인사도 제대로 안 한다고 해요."

"그 네 사람은 어떤 경위로 다카노 히데 씨와 같이 살게 되었다고 합니까?"

"히데 씨가 이웃 사람에게 한 말로는, 조카가 회사에서 잘린데다 사택에서 쫓겨난 사정 때문에 찾아온 거라고 했답니다. 다른 부부에 대해서는 그냥 친척이라고만 했고요."

"흠."

뭔가 석연치 않은 구석이 있다고 구사나기는 생각했다.

"회사에서 잘렸다면 지금은 뭘 하고 있을까요? 그냥 놀고 있는 건가요?"

야요이는 고개를 크게 끄덕였다.

"이웃 사람들 말로는 하루 종일 빈둥거리기만 한답니다. 조카뿐 아니라 다른 남자도."

"그쪽도 실업자에다 주거가 없다는 건가……."

야요이가 고개를 갸웃하며 말했다.

"그렇다고 해서 돈에 쪼들리는 것 같지는 않아요. 입고 있는 옷도 결코 싸구려가 아니거든요."

"오호."

"일을 찾아다니지도 않는 모양이에요. 어쨌든 네 사람 다 늘 집에 있어요."

"그런데 저녁 여덟 시만 되면……."

"예."

야요이는 고개를 끄덕이고 대각선 방향으로 눈길을 돌렸다.

"네 사람이 나갑니다."

구사나기는 손목시계를 보았다. 여덟 시 조금 전이었다.

여덟 시 삼 분 전에 먼저 남자가 집에서 나왔다. 뚱뚱한 체격이었다. 하얀 폴로셔츠의 배 부분이 임신한 여자처럼 튀어

나왔다. 이어서 여자가 나왔다. 삼십 대 후반 아니면 그보다 조금 위로 보였다. 비쩍 마른 몸매에 화장이 짙었다.

그 두 사람이 집 앞에 서 있는데 다른 두 사람이 나왔다. 이번에는 둘 다 자그만 몸매였다. 남자는 아래위 운동복에다 긴 머리를 뒤로 묶었다. 여자는 청재킷을 입고 땅을 쓸 것 같은 긴 치마 차림이었다. 둘 다 서른 전후로 보였다.

"내가 찾아갔을 때 현관으로 나온 사람이 하얀 폴로셔츠를 입은 저 사람이에요."

"저 사람들은 차가 없다고 했지요?"

"예, 늘 걸어서 갑니다. 몇 번이나 미행하려 했지만 내 얼굴을 아니까……."

"알았습니다. 야요이 씨는 여기 계세요."

구사나기는 차에서 내려 잰걸음으로 네 사람의 뒤를 쫓았다.

두 쌍의 남녀는 역으로 향하는 것 같았다. 나이 적은 부부가 앞서 나아가고 그 뒤를 중년 부부가 따르는 듯한 구도였다. 구사나기가 뒤에서 관찰한 바로는 서로가 거의 말을 나누지 않았다. 날이면 날마다 같이 있을 텐데도 그리 친한 사이는 아닌 듯했다. 혹은 하루 종일 얼굴을 마주하다 보니 별 할 말이 없는 건지도 모른다.

정해진 시간에 외출하는 것은 단순히 식사를 하기 위해서가 아닐까, 처음에는 그렇게도 생각했다. 그러나 야요이는 그건 절대로 아니라고 했다. 초밥 집에 배달을 시킨 날에도 저녁 여덟 시에는 외출을 했다는 것이다.

구민 회관에서 하는 무슨 강좌에 나가는 것도 아닌 듯하다. 앞만 바라본 채 네 사람은 적당한 거리를 유지하며 걸어가고 있었다.

이윽고 상점가에 이르렀다. 이 시간대에는 문을 열어 놓은 곳이 적다. 네 사람은 계속 일정한 속도를 유지하며 걸어갔다.

갑자기 그들이 멈춰 섰다. 몇 마디를 나눈 뒤 바로 앞 가게로 들어갔다. 불고기 집이었다.

뭐야, 역시 저녁을 먹으러 온 거잖아.

그렇다면 당분간은 나오지 않을 것이다. 어떻게 시간을 보낼까 하고 구사나기는 주위를 둘러보았다.

바로 그때 네 사람의 움직임에 변화가 일어났다. 하얀 폴로셔츠를 입은 남자와 젊은 부부만 식당 안으로 들어가고 나이 든 여자는 혼자서 걸어가기 시작했다. 구사나기는 주저 없이 여자의 뒤를 따랐다.

여자는 파마를 한 긴 머리를 매만지며 상점가를 걸어갔다. 이따금 책방 같은 데 눈길을 던지면서도 안으로 들어가지는 않았다. 뭔가가 있음에 분명하다고 구사나기는 생각했다.

그런데.

여자는 마치 예정된 장소에 도착한 사람처럼 자연스럽게

파친코 가게 안으로 들어가는 것이었다. 구사나기는 이상하다고 생각하면서 뒤를 따랐다.

여자는 잠시 가게 안을 둘러보듯 걸어다니다가 중간쯤 자리에 앉았다. 그런 다음 구슬을 빼어 게임을 하기 시작했다. 구사나기는 여자의 모습을 확인할 수 있는 자리에 앉아 의심받지 않을 정도로 게임을 했다. 참으로 오랜만에 해 보는 파친코였다.

여기서 누군가를 만나려는 것일까. 그러나 여자에게 다가오는 사람은 없었다. 여자도 오로지 파친코에만 열중하는 것처럼 보였다. 그렇게 약 한 시간이 지났다.

손목시계로 시간을 확인한 다음 아쉬운 듯 파친코 기계를 바라보더니 여자는 자리에서 일어섰다. 아무래도 지고 만 듯했다. 다른 사람이 게임하는 모습을 살피며 그녀는 출구로 향했다. 구사나기도 서둘러 그 뒤를 따랐다.

여자는 왔던 길을 되돌아갔다. 중간에 어디를 들를 것 같지도 않았다. 이윽고 아까의 불고기 집 앞에 이르자 문을 열고 안을 들여다보았다. 그러나 안으로 들어가려 하지는 않았다.

가게에서 세 사람이 나왔다. 하얀 폴로셔츠 남자는 이쑤시개로 이를 후비고 있었다. 맥주를 마신 듯 얼굴이 약간 불그레했다. 남자가 무슨 말을 하자 여자는 고개를 저었다. 파친코의 결과를 물은 것일까. 남자는 어슴푸레 미소를 머금었다.

네 사람은 집을 향해 걷기 시작했다. 올 때와 마찬가지로 느릿한 걸음이었다. 그들에게서 어떤 의도나 목적은 느낄 수 없었다. 세 사람은 밥을 먹기 위해, 한 사람은 파친코를 하기 위해 외출한 것이라고밖에 생각할 수 없었다. 그렇다면 왜 항상 저녁 여덟 시인가. 단순한 습관이라고 보아야 할까.

그들은 곧장 집으로 돌아갔다. 네 사람이 집으로 들어가는 것을 확인하고 구사나기는 야요이가 있는 차로 돌아갔다.

구사나기는 야요이에게 자기가 본 대로 말했다.

"아무래도 어떤 의미가 있는 행동인 것 같지는 않아요. 만일 뭔가가 있다고 한다면 불고기 집 안에서 있어야 하는데, 아무리 봐도 단지 식사를 하러 나온 듯합니다."

그는 어떻게 생각하느냐며 야요이의 얼굴을 바라보았다. 그 순간, 구사나기는 깜짝 놀라고 말았다. 그녀의 얼굴이 새파랗게 질려 있었기 때문이다.

"무슨 일 있어요?"

구사나기가 물었다.

야요이는 입술을 핥았다. 그런 다음 천천히 구사나기 쪽으로 고개를 돌렸다.

"구사나기 씨가 미행을 하는 사이에 집 쪽으로 가 보았습니다. 무슨 단서라도 있을까 해서……."

"그래서요?"

구사나기는 가슴이 묘하게 수런대는 것을 느꼈다.

"정말 안으로 들어가 보고 싶었어요. 그렇지만 문이 모두 잠겨 있었어요."

"어떻게 그런 위험한 행동을?"

"그런데."

그녀는 크게 숨을 들이쉬었다.

"갑자기 안에서 무슨 소리가……."

"예!"

구사나기는 눈을 동그랗게 떴다.

"내가 창 바로 옆에 있을 때였습니다. 가구가 벽에 닿는 듯한 소리가 났어요. 그러더니 누군가가 마구 뛰어다니는 듯한 소리도……."

"목소리는, 목소리는 안 들렸어요?"

그녀는 고개를 저었다.

"목소리는 안 들렸어요."

"그래서 어떻게 했습니까?"

"남편일지도 모른다는 생각이 들어 창을 두드려 보았지요. 남편이 감금되어 있을지도 모른다는 생각에……. 그렇지만 아무 대답도 없었습니다. 이윽고 소리도 잠잠해졌고요. 창에는 커튼이 쳐져 있어서 안을 볼 수 없었습니다."

구사나기는 자신의 심장이 세차게 뛰는 소리를 들었다. 네 사람 외에 또 누군가가 있단 말인가.

"구사나기 씨, 혹시 남편이 있는 게 아닐까요. 감금되어 소리를 낼 수 없는 상태가 아닐까요. 그래서 그 사람들이 나간 틈을 타서 구해 달라고 몸부림친 게 아닌지……."

야요이는 흥분했다. 그래서 냉정을 잃은 것처럼 보이기도 한다. 그러나 그녀의 말을 망상이라고 단정할 근거는 없었다.

"알았습니다. 잠시만 기다려 주세요."

구사나기는 다시 한 번 차에서 내려 다카노의 집으로 향했다.

집 둘레에는 낡은 판자벽이 둘러쳐져 있었다. 까치발을 해도 집 안을 엿볼 수 없었다. 그는 숨을 고르고 머릿속을 정리한 다음 문 앞에 섰다. 플라스틱으로 된 버저가 달려 있었다. 그것을 눌렀다.

십 초 정도가 지나 현관문이 열렸다. 낡은 듯 덜거덕 소리를 내고 흔들리며 문이 열렸다. 남자가 얼굴을 내밀었다. 젊은 남자였다.

"늦은 시간에 죄송합니다."

부드러운 표정을 지으며 구사나기는 안으로 들어갔다.

"잠깐 확인해 보고 싶은 게 있어서 말입니다."

"뭔데요?"

남자가 미간을 찌푸렸다. 신경질적인 표정이었다.

구사나기는 경찰 수첩을 보여 주었다. 젊은 남자의 표정이 한순간 어두워졌다.

"이웃에서 신고가 있어서 말이죠. 이 집에서 누군가가 뛰어다니는 것 같다고 하던데."

"아무도 뛰어다니지 않습니다."

"그렇습니까? 그런 소리가 들린다고 해서요."

그 말에 남자의 표정이 더 어두워졌다. 피가 빠져나가는 소리가 들리는 듯했다.

"착각일 겁니다. 이상한 말씀 하지 마세요."

"안을 좀 봐도 되겠습니까?"

"왜 안을 보겠다는 겁니까?"

남자가 정색을 하며 물었다.

"잠깐이면 됩니다. 한번 훑어보기만 하면 되니까요."

"거부하겠습니다."

그때 안에서 "보면 어때."라는 목소리가 들렸다. 젊은 남자의 등 뒤에서 하얀 폴로셔츠 남자가 나타났다. 남자는 구사나기를 향해 웃어 보였다.

"보여 주면 되지. 그러는 편이 좋아."

젊은 남자는 기가 죽은 듯 몸을 움츠렸다. 대답이 없다.

"실례하겠습니다."

구사나기가 안으로 들어갔다.

바닥에는 몇 종류의 신발이 마구 뒹굴고 있었다. 네 켤레 이상이었다. 그러나 구사나기는 거기에 주목하지 않았다. 설령 그들이 누군가를 감금해 두었다고 해도 신발을 그대로 방치해 둘 리 없을 테니까.

집은 좁고 긴 형태였다. 안으로 들어가서 정면에 계단이 있고 그 옆에 안으로 이어지는 복도가 있었다. 구사나기는 복도를 걸어 안으로 들어갔다.

복도 오른쪽은 정원에 면해 있는 듯한데, 덧문이 닫힌 상태였다. 덧문 안쪽에는 유리문이 네 개 달려 있었다. 자물쇠는 두 개의 문이 겹쳐지는 부분에 막대기처럼 생긴 것을 비틀어 채우는 방식이었다. 문은 네 개고 자물쇠는 두 개다. 다만 그 중 하나는 망가졌는지 자물쇠가 채워져 있지 않았다.

복도 왼쪽에는 두 칸이 이어진 방이 있었다. 거기에 여자 둘이 앉아 있었다. 나이 든 여자는 낮은 탁자에 한쪽 팔을 세운 채 담배를 피우고 있었다. 젊은 여자는 무릎깍지를 끼고 앉아 낡은 14인치 텔레비전을 보고 있다. 두 여자는 낯선 침입자를 멀뚱하니 올려다보았다.

"뭔데, 이 사람?"

나이 든 여자가 물었다.

"경찰이래."

하얀 폴로셔츠 남자가 말했다.

"이웃 사람이 신고한 모양이야."

"흥……."

여자는 구사나기와 눈을 한번 마주치고는 텔레비전 화면 쪽으로 고개를 돌려 버렸다. 그때 여자의 손목에 염주가 감겨 있는 것이 보였다. 신앙심이 깊은가, 조금 의외라는 생각이 들었다.

구사나기는 방 안을 둘러보았다. 벽지가 뜯겨 나간 벽과 변색한 다다미가 그 집의 연륜을 가늠케 했다. 나지막한 옷장도 꽤 오래된 물건인 듯했다.

옷장 옆에 꽃병이 두 개 넘어져 있었다. 액자도 다다미 위에 방치되어 있었다. 액자 위의 먼지로 보건대 그것들이 모두 옷장 위에 있던 물건이라는 것을 알 수 있었다. 왜 제자리에 돌려놓지 않는지 이상하다는 생각이 들었지만 구사나기는 입을 다물었다. 그것을 물어볼 이유가 없었다.

옆방에는 오래된 옷장과 불단이 놓여 있었다. 다다미는 몹시 낡았고 더러웠다. 묘하게도 그 방에는 조명이 없었다. 천장에 매달려 있어야 할 형광등이 떨어져 구석에 놓여 있었다.

"왜 이걸 달지 않습니까?"

구사나기가 물었다.

"아, 달려고 했더니 고장이 나서 말입니다."

하얀 폴로셔츠 남자가 대답했다.

그 방에는 작은 창이 나 있었다. 갈색 커튼도 달려 있었다. 야요이는 그 창 건너편에서 소리를 들었을 것이다.

구사나기는 부엌을 살펴보고 이 층으로 올라가 보았다. 이층에는 방이 두 개 있었다. 둘 다 이불이 깔려 있었다.

"잘 봤어요? 아무 문제 없지요?"

계단 아래에서 하얀 폴로셔츠가 물었다.

"그러네요. 전화번호나 좀 가르쳐 주세요. 그리고 여러분 이름도."

"이름은 왜요? 우리가 뭐 나쁜 짓을 한 것도 아닌데."

남자는 싱긋 웃으며 말했다.

"그럼 세대주만이라도. 여기 세대주는 다카노 히데 씨였을 겁니다. 지금은 어떻게 되어 있습니까?"

"접니다."

젊은 남자가 옆에서 말했다.

구사나기는 수첩을 꺼내 이름을 물었다. 다카노 마사아키라고 젊은 남자는 말했다. 히데의 조카라는 것이 사실인 것 같았다.

"다른 분은 어떤 관계지요?"

"아내와 친구 부부입니다."

"친구?"

구사나기는 되물었다.

"친구와 동거?"

"잠시 머물고 있을 뿐입니다."

하얀 폴로셔츠 남자가 말했다.

잠시라는 게 이렇게 오래 머무느냐고 비꼬아 주고 싶었지만 구사나기는 입을 다물었다.

4

다음 날 저녁 구사나기와 야요이는 다시 어제와 같은 장소에 차를 세웠다. 다만 오늘은 차가 다르다. 구사나기의 애마인 검은색 스카이라인이다.

계기판의 디지털시계가 저녁 일곱 시 오십 분을 가리키고 있었다. 조수석에서 야요이가 침을 삼켰다.

"준비는 되었나요?"

구사나기가 그녀에게 물었다. 사실은 각오가 되어 있느냐고 묻고 싶었다.

"예, 괜찮아요." 하고 그녀는 대답했다. 목소리가 조금 잠겨 있었다.

지금부터 그들이 하려는 일은 완전히 수사의 범위를 넘어선 것이었다. 들키면 변명도 할 수 없다. 자칫하다가는 경찰에 잡혀갈 수도 있다.

그러나 그것 말고는 방법이 없었다. 지금 단계에서는 경찰이 움직이는 것 자체가 어려웠다.

그렇지만 구사나기에게는 어떤 확신이 있었다. 설령 들킨다 하더라도 그들이 경찰에는 알리지 못하리라는 것이었다. 어제 그 집에 들어가 보고 그런 확신을 가졌다. 놈들은 분명히 뭔가를 숨기고 있다.

"아, 나왔어요."

야요이가 낮은 목소리로 말했다.

네 사람이 집에서 나왔다. 어제와 같은 복장이었다. 그리고 어제와 같은 방향으로 걸어갔다.

오늘 밤 구사나기는 미행할 기분이 아니었다. 네 사람의 그림자가 멀어지고 이윽고 모퉁이를 돌아 사라질 때까지 좌석에서 몸을 낮춘 채 말없이 지켜보았다.

시곗바늘이 여덟 시를 가리키는 것을 확인하고 그는 문을 열었다.

"자, 갑시다. 서둘러요."

야요이도 재빨리 차 밖으로 나왔다.

두 사람은 잽싸게 다카노의 집으로 다가갔다. 그리고 주위에 사람이 없는 것을 확인하고 문 안으로 들어갔다.

구사나기는 정원으로 돌아들었다. 어제와 마찬가지로 덧문은 닫혀 있었다. 그는 가슴 호주머니에서 드라이버를 꺼냈다.

"그걸로 열 수 있을까요?"

야요이가 불안한 표정으로 물었다.

"조용히 지켜만 보세요."

그는 덧문 옆에 쭈그리고 앉더니 창틀 아래의 틈으로 드라이버 끝을 찔러 넣었다. 그러고는 드라이버를 지렛대 삼아 덧문을 들어올렸다. 오래된 덧문은 가볍게 떨어졌다.

유리문의 자물쇠가 벗겨져 있는 것을 어제 보아 두었다. 구사나기는 침입하는 데 가볍게 성공했다.

"오래된 집이군요."

그의 뒤를 따라 들어온 야요이가 말했다.

"예, 많이 낡았더라구요. 집 안의 물건은 가능한 한 건드리지 않도록 하세요."

"예."

구사나기는 조심스럽게 방문을 열었다. 여자들이 앉아 있던 방은 어제처럼 물건들이 어지럽게 흩어져 있었다. 상 위에는 포테이토칩 봉지가 뜯긴 채 놓여 있었다.

"아무도 없어요."

옆방을 보고 나서 야요이가 말했다.

"그런 것 같습니다."

"그렇지만 분명히 무슨 소리가 들렸는데."

그녀는 고개를 갸웃했다.

"이상해……."

구사나기는 벽장문을 열어 보았다. 그러나 오래된 종이 상자 같은 게 들어 있을 뿐이었다.

"어떻게 된 일일까?"

야요이가 손으로 이마를 짚었다.

"내가 착각한 것일까요? 분명 무슨 소리를 들었는데."

"어쨌든 이곳을 나갑시다. 도시유키 씨가 감금되어 있을 가능성은 없는 것 같으니까."

"그런 것 같아요. 죄송해요. 이런 위험한 일을……."

"마음에 두지 마세요."

그렇게 말하고 구사나기는 그녀의 등을 가볍게 밀었다.

바로 그때였다.

구사나기는 미약하지만 어떤 소리를 들었다. 나무가 삐걱거리는 듯한 소리였다. 뭘까, 그런 생각을 하는데 갑자기 방 전체가 심하게 흔들리기 시작했다.

가구가 달가닥달가닥 소리를 냈다. 선반에서는 식기가 부딪치는 소리가 들렸다. 옆방에서는 불단이 흔들렸다. 문이 열리더니 그 안에서 장식품 같은 것들이 굴러 떨어졌다. 전등이 크게 흔들리고 그 때문에 그림자도 미친 듯이 춤을 추었다.

야요이가 비명을 지르며 구사나기에게 안겼다. 그는 그녀를 안은 채 자신의 주위를 둘러보았다. 숨을 죽이고 그냥 서 있을 따름이었다.

다다미 위에 놓인 꽃병이 쓰러져 굴렀다. 상 위의 봉지에서 포테이토칩이 튀어나왔다. 어딘가에서 뭔가가 떨어졌다.

이건…….

구사나기는 자신이 떨고 있다는 것을 알았다.

5

이야기를 다 듣고 난 유가와는 팔짱을 낀 채 잠시 아무 말도 하지 않았다. 안경 속의 눈이 의혹 어린 불편한 분위기를 띠고 있었다. 미간에 깊은 주름을 잡고 오른발을 바쁘게 흔들고 있었다.

그가 불쾌해하리란 것을 구사나기는 알고 있었다. 이런 식의 이야기를 가장 싫어하는 사내니까. 그러나 사실이 그러니 어쩔 수 없다.

"도대체 자네는 말이야."

이윽고 유가와의 입이 움직였다.

"어떻게 그런 냄새나는 이야기만 가지고 오는 건가. 지난번에는 유령이었지 아마. 또 그전에는 유체 이탈이니 예지몽이니…….”

“어쩔 수 없잖아. 직업상 희한한 일을 접할 기회가 다른 사람보다 많을 수밖에.”

“그렇지만 모든 형사가 자네처럼 신비주의적인 현상과 조우하는 건 아니잖아. 그런데 이번에는 폴터가이스트라고?”

“나도 그런 일은 질색이야.”

유가와는 의자에 앉은 채 어이가 없다는 듯 두 팔을 벌렸다.

“폴터가이스트는 독일말로 ‘시끄러운 영’이란 뜻이야. 가구 따위가 제멋대로 움직이고 방 전체가 마구 흔들리는 것은 영이 소란을 피우기 때문인데, 사실은 자네가 더 소란스러워.”

구사나기는 책상 위에 두 팔을 짚은 채 힘주어 말했다.

“몇 번이나 말하는 거지만 그건 분명히 괴상한 현상이었어. 그 이후에 조사해 보았는데 그 시간 그 장소에서 지진이 일어났다는 기록은 없어. 나의 착각이나 착시가 아니야. 간자키 야요이라는 증인도 있으니까.”

유가와가 천천히 자리에서 일어나 구사나기의 얼굴 앞으로 손바닥을 내밀었다.

“착각이나 착시라고는 하지 않았어. 지진이 아니라는 건 자네가 말하지 않아도 알아.”

“그럼 인정해 준다는 거로군. 폴터가이스트라는 걸.”

“사람들이 말하는 폴터가이스트라는 현상에 가까운 것이

일어났다는 것은 알겠어."

"그 정체에 대해서 자네는 어떻게 추리해?"

"그게 문제인데, 현상의 실체보다 더 중요한 게 있을 거야."

"뭔데?"

"자네는 그 괴이쩍은 현상이 오래전부터 일어났다고 생각하는가? 다카노 씨가 혼자 살던 때부터 있었다고?"

"아니, 그건 잘 모르겠어. 그때부터 일어났다면 누군가에게 의논하지 않았을까? 야요이는 남편에게 그런 말을 들어 본 적이 없다고 해."

"그렇겠지. 다시 말해 그 이전에는 일어나지 않았던 일이 지금 일어나고 있다는 거지. 그건 왜일까. 이것이 첫 번째 문제. 두 번째는 그 네 사람이 왜 문제 해결을 시도하지 않는가라는 것이야. 자네 이야기를 들어 본 바에 의하면 분명 그 작자들은 그런 괴이쩍은 현상이 일어나고 있다는 것을 알아. 보통은 어떤 해결책을 모색할 거야. 전문가에게 조사를 의뢰한다든지 말이지. 그렇게 하지 않는다는 것은 그들이 그 원인을 알기 때문이라는 얘기야. 게다가 그 원인을 조사하기를 원치 않아."

"원인을 알아? 그러고 보니."

구사나기는 팔짱을 끼고 허공을 바라보았다.

"여자 하나는 손목에 염주를 감고 있더군. 하지만 과학적인 설명이 되었다고는 할 수 없겠는데."

"나는 과학적으로 설명이 되었다는 말은 하지 않았어. 손목에 염주를 감고 있다면 영의 소행이라 생각한다는 말이겠지. 그것이 그들 나름의 해석일 테고. 다만 한 가지 모를 일은 그런데도 왜 그들이 계속 거기에 살고 있느냐는 거야."

유가와는 머리를 긁적이며 창가로 다가가 바깥으로 시선을 던졌다. 햇빛을 받아 안경 렌즈가 빛을 발하고 있다.

"하고 싶은 말이 뭔데?"

구사나기가 묻자 유가와는 그를 돌아보았다.

"이 일을 윗선에 보고했어?"

"보고? 아니, 하지 않았어. 수사 과정에서 이런 짓을 내 멋대로 한 게 드러나면 무슨 불호령이 떨어질지 몰라."

"그렇다면 야단맞을 각오를 하고 보고하도록 해. 아무래도 사태는 자네가 생각하는 것 이상으로 심각한 것 같아."

6

쌍안경의 초점을 다카노의 집 앞에 맞추었다. 마침 남자 둘이 나오는 참이었다. 시각은 오후 두 시 삼십 분. 폴터가이스트가 일어나기에는 아직 이르다.

"흠, 미끼를 문 것 같긴 한데."

운전석에서 마키다가 말했다.

"당연히 물지. 그걸 기다리며 며칠이나 저 유령의 집에서 살았으니까."

남자 둘의 행방을 쌍안경으로 따라가며 구사나기가 대답했다.

남자들이 집을 나선 것은 지역의 신용 조합에서 전화를 받았기 때문이다. 다카노 히데 씨의 예금에 대해 의논하고 싶으니 대리인을 보내 달라는 내용이었다. 그것은 분명히 신용 조합에서 건 전화였지만 경찰이 부탁한 것이었다. 집 안에 여자들만 남겨 두기 위한 작전이었다.

어제까지 조사한 결과 다카노 마사아키에 대한 몇 가지 사실이 드러났다. 마사아키는 히데의 유일한 친척이지만 몇 년 동안 연락 한번 없었다. 조사해 보니 그는 일 년 전에 회사를 그만두었고 도박에 손을 댔다가 빚을 많이 졌다고 한다.

마사아키가 아내와 함께 히데에게 달려온 것은 아무래도 그녀의 예금이 목적이었던 것 같다. 남편에게 거액의 재산을 물려받은 숙모가 있다는 사실을 마사아키의 아내가 사람들에게 떠들어 댔다는 것이다.

또 한 쌍의 남녀가 누구인지는 구사나기도 모른다. 그러나 히데의 재산을 노리고 달려든 파리라는 사실만은 분명했다.

"좋아, 이제 가 볼까."

구사나기는 곁에 있는 유가와에게 말했다.

유가와는 손목시계로 시간을 확인했다.

"그 건에 대해서는 약속이 되어 있겠지?"

"공장 쪽 말이지? 걱정 마. 협력해 준다고 했으니까."

"그런데 정말 그게 원인일까요?"

마키다가 돌아보며 물었다.

"제대로 되지 않으면 정말 곤란해질 겁니다."

"실패하면 그때 생각하지, 뭐."

유가와는 무덤덤하게 말했다.

"자네들은 가끔 창피를 당하는 게 좋아."

마키다는 쓴웃음을 지으며 구사나기를 보았다. 구사나기는 고개를 까딱하고 두 사람에게 말했다.

"출발!"

다카노의 집은 조용했다. 구사나기는 전날처럼 문의 버저를 눌렀다. 잠시 후에 현관문이 열렸다. 덜컹거리는 것도 여전했다.

젊은 여자가 얼굴을 내밀었다. 다카노 마사아키의 아내 리에였다.

리에는 그의 얼굴을 기억하는 것 같았다. 겁먹은 표정으로 몸을 움츠렸다.

"무슨 일이세요?"

"잠깐 확인하고 싶은 게 있는데 한 번만 더 집 안을 보여 줄 수 있을까요?"

구사나기는 미소를 머금고 말했다.

"뭘 확인하겠다고 그러세요? 여긴 아무것도 없어요."

"그러니까."

구사나기는 입가에 미소를 머금었다.

"아무것도 없다는 사실을 확인하기 위해서입니다. 그래야 다음에 또 이웃이 신고하면 아무 문제가 없다고 자신 있게 말할 수 있지 않겠습니까?"

"자주 들어오나요, 신고……."

"자주는 아니지만 여러 가지 억측이 나오기도 하니까요. 묘한 소리가 들린다고……."

그때 안쪽에서 여자 목소리가 들렸다.

"뭔데?"

"아…… 이분들이 다시 한 번 집 안을 보여 달라고 해서."

"하, 정말 끈질기시네요. 누가 신고한 거예요? 옆집 아줌마?"

"그러니까 여러 군데서……."

구사나기는 말을 얼버무렸다.

"정말 할 일 없는 사람들도 많아. 좋아요. 보여 주죠. 단, 이

번이 마지막이란 걸 알아 두세요."

죄송하다고 고개를 숙이면서 구사나기는 구두를 벗었다. 동시에 그는 시계를 보았다. 오후 두 시 사십오 분이었다.

어제처럼 복도를 지나 구석방으로 들어갔다. 방은 그때만큼 어지러웠다. 인스턴트식품의 빈 용기들이 아무렇게나 흩어져 있었다.

유가와는 흥미롭다는 듯 기둥과 벽을 살펴보았다. 그의 귀에다 대고 구사나기가 속삭였다.

"어때?"

"아주 좋아. 예상대로야. 조건이 잘 들어맞아. 낡은 건축 자재에다 집의 구조, 모든 게 이상적이야."

괴현상이 일어나기에, 라는 말은 하지 않았다.

다시 구사나기는 시계를 본다. 두 시 오십 분이 지나고 있었다.

"어떠세요, 형사님. 이상한 점이라곤 없죠?"

나이 든 여자가 복도에 서서 팔짱을 낀 채 말했다. 그 손목에는 역시 염주가 감겨 있었다.

"그러네요. 조금만 더 살펴볼게요."

"이런 거, 사생활 침해 아닌가요?"

여자의 말을 무시하고 구사나기는 벽장 안을 조사하는 척했다.

“이보세요, 지금 뭘 하세요?”

여자의 목소리가 날카롭게 날아왔다. 하얀 비닐봉지를 든 유가와가 복도 끝에 서 있었다.

“이런 게 냉장고 옆에.” 하고 유가와가 느긋하게 말했다.

“아마 가정용 시멘트겠지.”

“시멘트?”

구사나기가 여자를 보았다.

“어디 사용한 겁니까?”

“그걸 내가 어떻게 알아요? 남자들이 어딘가를 수리하느라고 썼을 테죠. 이제 됐죠? 마음껏 조사했으니 이제 나가 주세요.”

여자의 가시 돋친 말을 들으면서 구사나기는 다시 한 번 손목시계를 보았다. 오후 세 시였다.

갑자기 나무가 삐걱대는 소리가 났다. 그 다음에는 다다미가 흔들렸다. 불단이 달가닥달가닥 소리를 냈다.

다카노 리에가 비명을 질렀다. 나이 든 여자도 두려움에 떨며 눈을 크게 떴다.

“왔어!”

구사나기가 마키다에게 눈짓을 했다.

마키다는 두 여자 앞을 가로막았다.

“위험하니까 빨리 밖으로 나가세요.”

그렇게 말하며 두 사람을 현관 쪽으로 밀고 갔다.

유가와는 불단 앞에 서서 주위를 둘러보았다. 가구는 계속 흔들리고 벽에서 뭔가가 떨어지기 시작했다.

"대단해. 이게 바로 폴터가이스트로군."

즐거운 듯 말한다.

"놀라워. 이런 상황은 만들고 싶어도 만들기 힘들 거야."

"좋아할 때가 아니라니까."

구사나기가 나무랐다.

"아, 그렇지."

유가와는 상의 호주머니에서 갈고리 같은 도구를 꺼내 그 끝을 다다미에 찔렀다. 그것을 들어올리자 다다미 끝이 딸려 올라왔다. 구사나기가 다다미 끝을 잡고 벗겨 냈다. 검은 마룻바닥이 나타났다.

구사나기는 판자를 뜯어냈다. 그 아래에서 최근에 작업했음이 분명한 시멘트 덩어리가 드러났다.

7

취조실에서 다카노 마사아키는 다음과 같이 진술했다.

"원래 빚은 삼백만 엔 정도였을 겁니다. 그게 어느새 이자가 붙어 이천만 엔에 가까워졌습니다. 정말입니다. 이런 지경에 제가 거짓말을 해서 뭘 하겠습니까. 갚을 길이 없었습니다. 그때 숙모 생각이 났습니다. 숙모는 삼촌의 유산을 고스란히 물려받아 꽤 많은 현금을 가지고 있을 거라고, 세상을 떠난 다른 삼촌에게 들은 적이 있습니다. 그래서 도움을 좀 받으려고 찾아간 것입니다. 숙모는 살 곳이 없으면 잠시 머물러도 좋다고 했습니다. 그래서 동거하게 된 것입니다. 그런데 얼마 후 곤도가 찾아왔습니다. 곤도는 해결사입니다. 나에게 돈을 회수하기 전까지는 절대로 돌아가지 않을 거라면서 여자와 같이 달라붙었습니다. 나는 숙모에게 친구 부부라고 설명했습니다. 숙모는 외로운 사람이라서 그런지 싫은 기색도 없이 어려울 때는 서로 도와야 한다면서 허락해 주었습니다. 그렇게 좋은 숙모를 속이는 게 너무 괴로웠지만 나는 어떻게든 돈을 찾아낼 궁리만 했습니다. 왜냐하면 숙모는 은행을 별로 신용하지 않아 돈을 집 안에 둔다는 것을 알았기 때문입니다. 그런 사실을 안 곤도는 숙모 몰래 다다미 아래를 조사하기도 하고 천장을 들여다보기도 했습니다. 그렇지만 돈은 없었습니다. 그리고 그날이 되었습니다."

그날, 곤도는 취해 있었다. 돈을 찾지 못해 짜증이 단단히 났다. 그때까지 히데 앞에서는 얌전하게 굴던 그도 마침내 본

성을 드러내고 말았다.

곤도는 히데의 멱살을 잡고 돈을 어디 숨겼느냐고 따졌다. 조카가 빚을 갚지 않으니까 당신이 갚아야 마땅하다며 난폭하게 굴었다.

히데는 심장이 약했다. 조카에게 배신당했다는 사실에 충격을 받은데다가 곤도의 거친 행동에 너무 놀라 벌벌 떨다가 그만 심장 마비를 일으켜 숨을 거두고 말았다. 너무도 갑작스운지라 숙모가 연극을 하는 게 아닌가 생각했다고 마사아키는 진술했다. 곤도는 히데의 뺨을 치면서 깨우려 했다고 한다.

그러나 그들이 정말 놀란 것은 다음 순간이었다. 갑자기 정원에 낯선 남자가 나타난 것이다. 회색 양복을 입은 남자였다.

남자는 손가락으로 마사아키와 곤도를 가리켰다. 너희들이 한 짓을 모두 보았다고, 이건 분명히 살인이라고, 곧장 경찰에 신고해서 네놈들을 잡아넣겠다고.

그 사람이 바로 간자키 도시유키였다.

그 말을 듣고 곤도가 벌떡 일어섰다. 그는 경찰에 신고하겠다고 말하는 간자키를 뒤에서 잡고 목을 졸랐다. 그는 유도 2단이었다.

"눈 깜짝할 사이에 시체가 둘로 늘어나니 어떻게 해야 좋을지 알 수가 없었습니다."

다카노 마사아키는 그렇게 진술했다. 아마도 솔직한 말일 것이다.

히데를 일단 병원으로 옮기기로 했다. 그러나 간자키의 시체는 그렇게 할 수 없었다. 조사하면 타살이라는 사실이 금방 드러날 터이기 때문이다.

그래서 방바닥에 숨기기로 했다. 구멍을 파서 시체를 넣은 다음 시멘트를 부었다. 간자키가 타고 온 라이트 밴은 등록번호 따위를 모두 지운 다음 곤도가 차량 투기로 유명한 장소까지 가서 버리고 왔다.

다음으로 할 일은 히데가 숨긴 현금을 찾아내는 것이었다.

그러나 그들은 그것을 찾아내지 못했다.

8

"자네가 무슨 말을 하건 이번만은 영의 힘이 작용했다고 봐. 흙 속에 파묻힌 간자키 도시유키의 원한이 그런 현상을 일으킨 거야."

머그 컵을 입으로 가져가면서 구사나기가 말했다. 컵 속에는 제13연구실의 명물인 엷은 인스턴트커피가 들어 있다.

"어떻게 생각하든 그것은 개인의 자유야. 내 관점에서는 공진 현상의 야릇한 결과였다고 볼 수밖에 없어."

유가와의 목소리는 냉랭했다. 상대가 흥분할수록 더 냉철해지는 것이 이 남자의 젊은 시절부터의 특징이다.

폴터가이스트 이야기를 듣고 난 뒤 유가와는 우선 시청으로 가서 다카노의 집 주변 지하가 어떻게 되어 있는지를 조사했다. 그 결과, 다카노의 집 바로 아래쪽에 오래된 맨홀이 있다는 것을 알았다. 그는 폴터가이스트의 원인이 바로 그것이라고 단언했다.

"물체에는 제각기 고유 진동수라는 게 있어. 어떤 물체에 가해진 힘의 진동수가 그것과 일치하는 경우 그 물체는 격렬하게 흔들리게 돼. 그것이 바로 공진 현상이지. 어떤 원인으로 이 맨홀을 둘러싼 환경이 바뀌는 바람에 공진 현상이 일어났을 거야."

그 원인이란 지면에 어떤 힘이 가해지는 것이라고 유가와는 추리했다. 예를 들면 구덩이를 파는 것이라고.

마루 아래에 구덩이를 파는 목적은 아주 한정되어 있다. 구사나기는 불길한 예측을 하지 않을 수 없었다. 그리고 그 예측은 맞아떨어졌다.

다시 조사해 본 결과 다카노의 집에서 가까운 부품 공장에서 그 오래된 맨홀로 연결된 하수로를 활용하고 있다는 사실이 밝혀졌다. 매일 저녁 여덟 시에 그 공장에서 뜨거운 물이 하수로에 방출된다. 그 뜨거운 물이 하수관 속에 새로운 공기의 흐름을 만들어 내어 다카노의 집 바로 아래의 맨홀을 진동하게 한 것 같았다.

시체를 발견한 날은 오후 세 시에 하수를 방출해 달라고 공장에 부탁해 놓았다.

"그럼 가 볼까."

머그 컵을 내려놓고 구사나기는 자리에서 일어섰다.

"지금 그녀를 만나러 가는 건가?"

유가와가 물었다.

"응."

구사나기가 만나려는 여자는 간자키 야요이였다.

"너무 바빠서 아직 그녀에게는 자세한 설명을 하지 못했거든."

정말 맡기 싫은 역할이었다. 그러나 자신 말고는 말해 줄 사람이 없다.

그리고 조금 안정을 찾은 다음 히데의 재산에 대해 말해 줄 생각이었다.

간자키 도시유키는 양복 차림에 소지품도 그대로 묻혀 있었다. 단, 지갑에서 현금과 카드만 사라지고 없었다. 범인들은 그 카드로 물건을 살 계획을 세우기도 했다.

그러나 그들은 가장 중요한 것을 놓치고 말았다. 면허증 바로 뒤에 들어 있던 한 장의 카드였다.

그것은 은행 금고의 카드 키였다. 그것도 간자키 도시유키를 대리인으로 하여 다카노 히데가 계약한 것이었다.

경찰이 조사한 결과, 금고에는 예금 통장 말고도 채권, 귀금속, 토지 권리증 등과 함께 봉투가 하나 들어 있었다.

유언장이었다. 거기에는 자신의 모든 재산을 간자키에게 양도한다고 되어 있었다.

"폴터가이스트가 바로 영의 작용이라고 말할 생각인가?"

유가와가 물었다.

문 쪽으로 가던 구사나기가 돌아보며 말했다.

"물론. 왜, 안 돼?"

"아냐."

물리학자는 고개를 저었다.

"그럼 갈게."

구사나기가 문을 열었다.

"구사나기."

"응."

유가와는 잠시 망설이다가 말했다.

"잘해."

구사나기는 한 손을 들어 보이고 연구실을 나섰다.

4장

그녀의 알리바이

1

선반 움직이는 소리가 났다. 작업장으로 들어서는 다카코의 눈에 기계를 향해 서 있는 사카이 요시유키의 등이 보였다. 베이지색 작업복 등에 감색으로 인쇄된 '야지마'라는 글자가 보였다. 자동차 회사에 납품하는 모터의 샤프트를 만든다는 것을 남편 다다아키에게 들어서 알고 있었다. 무슨 모터인지는 몰랐지만.

남편은 공장 구석에서 두 명의 직원과 함께 납품할 부품을 검사하고 있었다. 장갑을 낀 손의 움직임이 느리다. 얼굴색도 안 좋다. 그러나 그것이 부품의 완성도가 떨어져서가 아님을 다카코는 알고 있었다.

"차 드세요."

다카코가 말했다.

다다아키는 가볍게 한 손을 들어올리고 벽에 붙은 시계를 바라보았다. 시곗바늘은 오후 세 시 십오 분을 가리키고 있었다. 선반을 조작하고 있는 사카이에게 말했다.

"요시 씨, 휴식."

사카이는 고개를 끄덕이고 기계의 전원 스위치를 내렸다.

웅웅거리던 모터가 서서히 속도를 떨어뜨렸다.

"뭐 맛있는 거 좀 없어?"

다다아키가 손을 씻고 테이블 앞에 앉으면서 말했다. 테이블 위의 쟁반에는 모나카가 다섯 개 올려져 있었다.

"이 모나카, 어제 먹다 남은 거 아닌가?"

그렇다며 다카코는 말없이 웃었다.

"괜찮아. 나 이거 좋아하니까."

스즈키 가즈오가 먼저 손을 내밀었다.

"일을 할 때는 단 게 제일이야."

그렇게 말한 사람은 다나카 지로였다. 그러나 다나카는 모나카를 집으려 하지 않았다.

사카이는 아무 말 없이 다카코가 타 준 차를 마셨다.

"요시 씨, 그 코일, 오늘 중으로 보낼 거 아니었어?"

다다아키가 사카이에게 물었다.

"응, 좀 있다가 보낼 생각이야."

"부탁해. 그리고 결제는 가능한 한 빨리 해 달라고 말해 줘."

"말은 해 볼게."

사카이는 찻잔을 바라보며 대답했다.

다다아키는 고개를 끄덕이더니 혼잣말처럼 중얼거렸다.

"나 잠깐 나갔다 와야겠어."

"어디?"

다카코가 물었다.

"돈 받으러."

"돈 받으러? 미수금이 있었어?"

"아니, 그런 돈이 아냐."

다다아키는 모나카를 집어 반으로 잘랐다. 튀어나온 팥소를 입에 넣었다.

"아주 오래전에 빌려 준 돈이야. 갚겠다고 해서."

"그런 이야기, 금시초문인데."

"경기가 좋았을 때 이야기야. 한때 신세 졌던 사람의 아들이라서 여태 아무 말도 못했던 거야. 그런데 그 사람이 꽤 성공한 모양이야. 돌려주겠다고 하는 걸로 봐서."

모나카를 차와 함께 먹으며 말했다.

"사장, 그거 얼마나 돼?"

스즈키가 물었다. 진지한 눈길이었다.

"글쎄, 자세히 이야기하기는 곤란하지만."

다다아키는 희끗한 수염을 손가락으로 긁었다.

"꽤 돼. 그래서 좀…… 도움이 될 것 같아."

"흠."

스즈키의 입술에 엷은 미소가 떠올랐다.

곁에서 듣고 있던 다나카의 눈도 부드러워졌다.

"요즘 같은 세상에 빌린 돈을 고스란히 갚는 사람도 있긴 있네."

"당연한 일이야."

스즈키가 웃으면서 말했다.

"그렇지만 요즘은 안 갚는 사람도 많잖아. 그래서 은행도 조심스러워하고."

"그렇긴 해."

"물론 터무니없는 인간도 있긴 하지만 그래도 아직은 살 만한 세상이라는 거지."

다다아키가 정리하듯 말하고 다카코를 바라보았다.

"그렇게 된 거야. 가서 양복 좀 가지고 와."

다카코가 고개를 끄덕이고는 말했다.

"저, 나도 잠깐 외출해야 하는데."

"어디?"

다다아키의 눈길이 날카로워졌다.

"쇼핑하러……. 아키에의 옷을 좀 찾아보려고. 소풍 갈 때 입을 옷이 없다고 해서."

"오늘이 아니라도 되잖아."

"그렇지만 내일하고 모레는 할 일이 많아."

"오늘은 나가지 마."

그렇게 말하고 다다아키는 찻잔을 비우고는 일어섰다.

남편이 이런 태도를 보일 때는 무슨 말을 해도 소용없다. 다카코는 입을 다물었다. 종업원 세 사람의 입장이 난처해진 것 같았다. 재빨리 찻잔을 비우더니 서둘러 자리에서 일어서기 시작했다.

세 시 반 직전에 다다아키는 차를 타고 나갔다. 회색 양복을 입고 넥타이까지 맸다. 그리고 스포츠백을 하나 들고 있었다.

그 뒤를 이어 다카코도 외출했다. 지하철 즈키시마 역에 도착했을 때가 정각 네 시였다.

일곱 시 반까지만 돌아가면 될 거라고 그녀는 생각했다.

그러나 실제로 그녀가 집에 돌아온 시간은 여덟 시가 다 되어서였다. 오학년 아키에와 삼학년 고다는 사이좋게 텔레비전을 보고 있었다. 다다아키는 아직 돌아오지 않았다. 그녀는 백화점에서 사 온 반찬을 꺼내 저녁 준비를 하기 시작했다.

"아빠가 늦네."

돈가스를 먹으며 아키에가 말했다.

그러게, 다카코는 맞장구를 치면서 텔레비전 옆에 놓인 시계를 바라보았다. 여덟 시 반이었다.

그 시계가 열한 시를 가리키는데도 다다아키는 돌아오지 않았다. 몇 번이나 휴대 전화의 버튼을 눌렀지만 받지 않았다. 다카코는 두 아이를 재우고 거실에서 혼자 기다렸다. 텔레비전 모니터에 뉴스 캐스터의 얼굴이 비치고 있었다. 캐스터는 북한의 핵문제에 대해 찡그린 표정으로 뭔가 말하고 있었지만 그녀의 귀에는 그 내용이 들어오지 않았다.

덜컹, 뒤에서 소리가 났다. 깜짝 놀라 뒤를 돌아보니 아키에가 파자마 차림으로 서 있었다.

"왜 그러니? 빨리 안 자면 내일 아침에 힘들어."

그녀는 달래듯 말했다.

"아빠 아직 안 왔어?"

"아무래도 일이 늦어지나 보다. 걱정하지 말고 빨리 자."

그러나 딸은 순순히 물러서려 하지 않았다. 뭔가 망설이는 듯 고개를 수그리고 있었다.

다카코는 그런 태도가 마음에 걸렸다.

"왜 그러니?"

상냥한 목소리로 물었다.

"아빠, 괜찮을까……."

아키에가 중얼거리듯이 말했다.

"괜찮을까라니, 무슨 말이야?"

"어젯밤에 나 이상한 걸 봤어."

"이상한 거?"

다카코의 미간이 저절로 찌푸려졌다.

"뭔데, 이상한 게?"

아키에는 얼굴을 들어올렸다. 볼이 평소보다 더 하얘 보였다.

딸은 입을 조그맣게 벌리며 말했다.

“불덩어리…….”

에! 다카코는 저도 모르게 소리를 냈다.

“뭐라고 했니?”

“도깨비불.”

아키에는 아까보다 또렷한 목소리로 말했다.

“도깨비불? 어디서?”

“공장. 밤중에 화장실에 가는데 아빠가 그때까지 공장에 있는 것 같아 살짝 엿보았더니 어둠 속에 아빠가 앉아 있는 거야. 아빠에게 말을 걸려고 하는데 갑자기 확, 불덩어리가 날아올라서…….”

“설마. 아빠가 뭘 태웠겠지.”

그러나 아키에는 고개를 저었다.

“그래서 아빠에게 물어보았어. 지금 뭘 태웠느냐고. 그랬더니 아빠는 아무것도 하지 않았다고, 그냥 도면을 보고 있었을 뿐이라고 했어.”

다카코는 등허리가 서늘해지는 느낌에 사로잡혔다. 그러나 표정에 드러내지 않으려고 애썼다.

“뭘 잘못 본 거 아니니? 그럴 수도 있어.”

“나도 그렇게 생각했지만 왠지 마음에 걸렸어. 아빠한테 무슨 안 좋은 일이 일어날 것 같아서. 아빠, 빨리 돌아와야 할 텐데.”

아키에는 불안한 표정으로 텔레비전 옆에 있는 시계를 바라보았다.

“재수 없는 소리 좀 하지 마.”

다카코가 날 선 목소리로 말했다.

“어쨌든 빨리 자. 내일 아침에 못 일어나면 어쩌려고 그래? 학교 가야잖니.”

“엄마, 아빠 돌아오면 알려 줄 거지?”

“알았어, 알았다니까. 알려 줄게.”

다카코의 다짐을 듣고서야 아키에는 이 층으로 올라가려 했다. 그러나 그 전에 공장으로 이어지는 문 쪽을 바라보며, “근데 왜 그런지 기분이 안 좋아.” 하고 중얼거렸다.

다시 혼자가 된 다카코는 리모컨을 들고 채널을 마구 바꾸었다. 그러나 지금의 기분을 안정시켜 줄 만한 프로그램은 없었다.

결국 그녀는 그 자리에서 밤을 새우고 말았다. 창으로 비쳐드는 눈부신 햇살에 퍼뜩 제정신을 차렸다. 탁자에 엎드린 채 잠들었던 것이다. 불편하게 잔 탓에 온몸 구석구석이 쑤시고 머리도 무거웠다.

여섯 시가 조금 지나 있었다. 다시 한 번 다다아키의 휴대전화에 전화를 걸어 보았지만 연결되지 않았다.

텔레비전을 켰다. 벌써 아침 뉴스가 시작되고 있었다. 혹시 다다아키와 관련된 뉴스가 나오지 않나 눈여겨보았지만 그런 사건은 없었다. 만일 어떤 사건이 일어났다면 먼저 경찰에서 연락이 왔을 것이다.

무거운 마음으로 그녀는 아침 준비를 시작했다. 머리 한구석에서 어젯밤에 아키에가 한 말이 떠올랐다. 도깨비불. 설마, 그럴 리가.

일곱 시가 되어 아키에가 일어났다. 평소라면 아직 자고 있을 시간이다. 아키에의 눈은 조금 충혈되어 있었다.

"아빠, 아직도 안 왔구나."

계란을 부치는 다카코의 등에다 대고 아키에가 말했다.

"어디서 술이라도 마시다가 잠들었을 거야."

다카코는 애써 밝은 목소리로 말했다.

"곧 돌아올 거야."

"경찰에 신고하지 않아도 돼?"

"괜찮아, 아무 걱정 마."

그러나 다카코는 이미 그럴 생각을 하고 있었다. 이제 신고해야 하지 않을까. 아냐, 조금 더 기다리는 게 나을 거야.

이윽고 고다도 일어났다. 아들은 아빠가 돌아오지 않았다는 것을 알고도 별로 걱정하는 기색이 없었다. 아키에도 동생에게 불덩어리 이야기는 하지 않았다.

아이들이 학교에 간 다음 종업원들이 하나 둘씩 나타났다.

사장이 어제 나가서 돌아오지 않았다는 말에 다들 놀라는 눈치였다.

"좀 걱정되는데. 경찰에 신고하는 게 좋지 않을까." 하고 스즈키가 말했다.

"어디서 과하게 마시고 잠들었을 테지, 뭐."

"사장은 그런 타입이 아냐."

다나카가 그 말을 부정했다.

다카코는 사카이에게 어떡하면 좋을지 의논했다. 그는 이 공장에서 최고참이다.

"오후까지도 돌아오지 않으면 신고해야 하지 않을까."

잠깐 생각한 다음 사카이는 그렇게 말했다.

그의 충고를 받아들여 다카코는 조금 더 기다리기로 했다. 종업원들은 께름칙한 표정으로 각자 할 일을 하고 있었다.

아홉 시, 열 시, 열한 시, 시곗바늘이 움직였다. 점심때가 되어도 다다아키는 돌아오지 않았다. 다카코는 차를 끓여 내주기도 하면서 멍하니 기다렸다. 시계만 바라보았다. 오후 한 시가 되면 전화하리라 마음먹었다.

그러나 그녀에게 전화할 기회는 오지 않았다. 점심때가 지나 오후 한 시가 될 무렵 전화벨이 울렸다.

경찰이었다.

2

호텔 브리지는 니혼바시 하마마쓰초에 있다. 건물 바로 위를 수도 고속도로가 달리고 하코자키 인터체인지가 코앞이다. 호텔 현관은 기요스하시로에 면해 있어 바깥으로 나와 오른쪽을 보면 기요스교를 정면으로 바라볼 수 있다. 아마도 그래서 호텔 이름을 브리지라 지었을 것이다.

작고 오래된 비즈니스호텔이다. 엘리베이터도 하나뿐이었다.

구사나기는 일 층에 있는 작은 커피숍에서 별맛도 없는 커피를 홀짝거리고 있었다. 손님도 거의 없었다.

"구사나기 씨."

이름을 부르며 다가오는 사람이 있었다. 호텔의 지배인 대리 가마다 씨였다. 별로 덥지도 않은데 관자놀이에 땀이 맺혀 있다.

예, 하며 구사나기는 고개를 들었다.

잠깐만 시간을 내줄 수 있느냐고 가마다는 낮은 목소리로 물었다. 구사나기는 가볍게 고개를 끄덕였다. 지배인 대리는 하릴없이 멍하니 앉아 있는 프런트 담당의 눈치를 살피며 구사나기 맞은편에 앉았다.

"저, 어떠세요?"

"어떠냐니요?"

"그러니까 그 수사 말입니다. 뭐 알아낸 거라도 있습니까?"

"아직은 뭐라고 하기가 좀."

"아, 그렇습니까. 그런데 소문으로는 부인의 알리바이가 없다고……."

중년 호텔 맨의 말을 듣고 구사나기는 인조가죽 소파에서 자리를 고쳐 앉았다.

"우리는 모든 가능성을 열어 두고 있습니다. 그 가운데에는 텔레비전이나 매스컴에서 흥미로워하면서 달려들 만한 일도 있어요. 그 사람들은 그런 것들을 재미있게 각색해서 흘려보내지요. 그런 쓰레기 정보에 휘둘리면 안 돼요."

"우리도 휘둘리고 싶지는 않지만 이런 장사를 하다 보니 그런 일이 있으면 심각할 정도로 타격을 받게 됩니다. 그러니 하루라도 빨리 해결되기를 바라는 거죠."

"그 마음은 잘 알겠습니다. 우리도 최선을 다해 조사하는 중이니 기다려 주세요."

"잘 부탁드립니다. 그리고 말입니다."

가마다는 구사나기 쪽으로 얼굴을 들이밀었다.

"그 방 말인데요, 언제까지 저렇게 둬야 할까요?"

"아, 그건 윗선에 물어봐야 하는데. 우리도 아직 조사할 게 남아 있고. 무슨 문제라도?"

"그게, 그런 일이 벌어진 방을 저렇게 내버려 두면 여러 가지로 묘한 소문이 퍼지는 법이라서……. 형사님도 그런 말 많이 들어 봤을 겁니다. 어느 호텔 어느 방에서 유령이 나온다든지."

아, 구사나기는 고개를 끄덕였다.

"종종 듣는 말이지요."

"그러니까 가능한 한 빨리 어떤 조치를 취하고 싶은데요."

"알겠습니다. 상사에게 확인해 보죠."

부탁한다며 머리를 조아리고 호텔 맨은 물러났다. 둥그스름한 몸매지만, 그 등은 메말라 보였다.

구사나기가 담배를 꺼내는데 정면 현관에서 검은 재킷을 걸친 유가와 마나부가 들어서고 있었다. 구사나기는 살짝 얼굴을 찌푸리고 담배를 집어넣었다. 유가와 앞에서 흡연은 금물이다.

"왜 이렇게 늦었어?"

"미안, 학생이 의논할 게 있다고 해서."

"의논? 설마 연애 문제는 아니겠지."

물론 농담으로 한 말이지만 유가와는 진지한 표정을 지었다.

"연애 이상의 이야기야. 좋아하는 여자와 결혼하고 싶은데 양쪽 부모가 다 반대하니 어떻게 하면 좋겠냐는 내용이었어."

"학생 결혼이란 거로군. 왜 자네 같은 사람한테 의논하지?"

"몰라."

"그래서 어떻게 충고해 줬는데?"

구사나기는 빙긋 웃으면서 물었다.

"내가 부모라도 반대하겠다고 말해 줬지."

"그게 뭐야. 자네, 생각보다 사고방식이 고리타분한 거 아냐? 나라면 부모의 반대 정도로 물러서지 않는 힘을 보여 주라고 말했을 텐데."

"낡고 새롭고, 그런 문제가 아냐. 통계적인 사고로 이야기했지."

"통계적 사고?"

"빨리 결혼해서 후회하는 사람과 더 빨리 결혼하지 못한 걸 후회하는 사람 가운데 어느 쪽이 더 많으냐는 통계."

구사나기는 젊은 물리학자의 얼굴을 지긋이 바라보았다. 그런 걸 통계로 따지는 사고방식으로 살아가는 인생이 정말 재미있느냐고 묻고 싶은 기분이었지만 입을 다물어 버렸다.

"자, 그럼 현장을 한번 볼까?"

"커피 안 마셔도 돼?"

"사양할래. 이 냄새로 추정하건대 그리 좋은 콩으로 뽑은 커피가 아냐."

코를 벌름거리면서 유가와는 걸음을 옮기기 시작했다.

늘 인스턴트커피만 마시는 주제에, 속으로 중얼거리며 구사나기는 그 뒤를 따랐다.

현장은 807호실. 트윈 룸이었다.

"피해자 야지마 다다아키는 십삼일 오후 세 시 오십 분경에 체크인했어. 벨 보이의 안내를 받지 않고 혼자서 방으로 들어갔다고 해. 그 후 아무도 야지마의 모습을 보지 못했지. 살아 있는 모습을 말이야."

방 입구 옆에 서서 수첩을 보며 구사나기가 설명했다.

"이 호텔의 체크아웃 타임은 오전 열한 시. 그런데 다음 날 그 시각이 되어도 이 방의 손님이 나오질 않는 거야. 전화를 해도 받지 않고. 그래서 열두 시 조금 전에 호텔 사람이 보러 갔지. 노크를 해도 대답이 없자 마스터키로 문을 열었고."

호텔 맨은 안쪽 침대 위에 큰대 자로 누워 있는 남자를 보았다. 한눈에 잠든 모습이 아니라는 것을 알아차렸다. 목에 이상한 흔적이 있었기 때문이다. 손님의 피부색도 정상이 아니었다.

"교살이야. 가느다란 끈 같은 것으로 단숨에 졸라 버렸어."

"다툰 흔적은?"

"없어. 피해자는 수면제를 마시고 잠든 듯해."

"수면제?"

"캔 커피에 탄 것 같아."

방의 창가에는 두 사람이 마주 보고 앉을 수 있는 테이블과 두 개의 의자가 놓여 있었다. 시체가 발견되었을 때 테이블 위에는 두 개의 캔 커피와 재떨이가 있었다. 야지마 다다아키를 해부한 결과에 기초하여 두 개의 캔 커피를 조사해 보니 한쪽에서 수면제가 검출되었다. 또한 캔 커피는 복도에 있는 자판기에서 빼낸 것으로 추정되었다.

"사망 추정 시각은 십삼일 오후 다섯 시에서 일곱 시. 이건 믿어도 좋아. 피해자는 오후 세 시경에 모나카를 먹었는데 그 속에 든 팥소의 소화 상태로 추론한 거니까."

덧붙여 구사나기는 야지마 다다아키가 빌려 준 돈을 받으러 집을 나섰다는 것, 호텔은 야마모토 고이치라는 이름으로 예약했다는 사실도 알려 주었다. 그는 유가와 마나부가 입이 무겁다는 것을 잘 알고 있다. 그래서 이 남자와 의논할 때는 사실 그대로 다 알려 준다.

"그것만으로는 뭐가 문제인지 잘 모르겠는데."

살풍경한 실내를 둘러보고 유가와가 말했다.

"돈을 돌려주겠다고 말한 사람이 범인일 테지. 돌려주고 싶지 않아서 이 호텔로 불러내 죽인 게 아닐까?"

"물론 우리도 그렇게 생각했지. 그런데 아무리 조사를 해도 그런 인물이 떠오르지를 않아."

"조사 방법이 안 좋았을 거야. 어쨌든 자네가 왜 나에게 전화를 했는지 모르겠어. 단순 교살 사건에 물리학자의 두뇌는 아무 소용이 없을 텐데."

"문제는 바로 그거야. 단순한 교살치고는 두 가지가 마음에 걸려."

구사나기는 손가락을 두 개 내밀었다. 내민 채 그 손가락을 아래로 향했다.

"하나는 침대 옆의 아래쪽 카펫을 잘 살펴봐."

유가와는 발걸음을 옮겨 허리를 숙였다.

"탄 자국이 있는데."

"그렇지?"

바닥에는 베이지색 카펫이 깔려 있는데 거기에 폭 1센티미터, 길이 5센티미터 정도의 불에 탄 흔적이 있었다.

"호텔 사람의 말로는 이 사건 전에는 없었다는 거야."

"거짓말을 하는 게 아닐까? 호텔이 꽤 오래된 것 같은데."

"경찰을 상대로 그런 의미도 없는 거짓말을 하겠어?"

"그건 그렇다 치고 다른 하나는 뭔데?"

"이거야."

구사나기는 상의 안주머니에서 사진 한 장을 꺼냈다.

"사실은 이런 걸 일반인에게 보여서는 안 되는데."

사진을 본 유가와는 미간을 살짝 찌푸렸다.

"별로 보고 싶지 않은 사진이로군."

"참고 봐 줘. 우리는 이걸 실물로 봐야 하는 처지니까."

교살흔을 찍은 사진이었다. 그러나 보통의 교살흔과는 달랐다. 졸린 자국을 따라 피부가 갈라져 있었다. 당연히 거기서 피가 흘러나왔다.

"피부가 갈라질 정도로 세게 졸랐다는 말이로군." 하고 유가와가 중얼거렸다.

"아냐, 보고서를 읽어 보니 그게 거의 찰과상이라는 거야. 가느다란 끈을 피부에 대고 옆으로 당길 때 생기는 그런 흔적이라고 해."

"보통의 교살에서는 이런 흔적이 생기지 않는다는 건가?"

"절대로."

구사나기가 힘주어 말했다.

유가와는 짧게 신음을 하더니 사진을 든 채 침대에 벌렁 드러누웠다. 시체가 누워 있던 침대였다. 감식 작업은 벌써 끝났으니 괜찮긴 하지만 어떻게 조금 전까지 시체가 있던 자리에 누울 수 있는지, 구사나기는 물리학자의 대범한 행동에 놀랐다.

"그래서 현재 이렇다 할 용의자가 떠오르지 않는다는 거로군."

"없지는 않아."

구사나기는 앞머리를 쓸어 올리며 말했다.

"우리가 가장 혐의를 두고 있는 사람은 부인이야."

"부인? 동기는?"

"보험금."

"오호, 피해자가 거액의 생명 보험에 들었어?"

"다섯 개 회사에 가입했어. 총액이 일억 엔도 넘어."

"흠, 그렇다면 좀 수상하다고 봐야겠지."

유가와는 팔베개를 하고 구사나기 쪽으로 몸을 돌렸다.

"당연히 자네들은 엄하게 그녀를 추궁했을 테지."

"엄하게 했는지는 잘 모르겠지만 몇 번 불러서 이야기를 들었지."

"느낌은?"

"냄새가 나."

구사나기는 솔직하게 말했다.

"부인은 당일 오후 네 시에 외출을 했어. 귀가한 것이 여덟 시경. 쇼핑을 하러 나갔다고는 하지만 알리바이가 확실치 않아. 다섯 시경에는 긴자의 백화점에서 아이 옷을 보고 있었다고 하는데 그건 점원의 증언으로 사실임이 밝혀졌어. 일곱 시가 지나 다른 백화점 지하 식품점에서 등심 커틀릿과 크로켓을 산 것도 점원이 기억해. 그런데 그 사이의 알리바이가 없는 거야. 긴자에서 이 호텔까지는 택시를 타면 십 분에서 십오 분 정도 걸릴 거야. 범행은 십 분 정도면 충분하고."

"본인은 뭐라고 하는데?"

"커피숍에서 차를 마셨다고 하는데 어느 가게였는지는 기억이 안 난다는 거야. 계산서도 없고 가게에 관한 기억도 왔다갔다해."

"흠."

유가와는 다시 벌렁 드러누웠다. 천장을 올려다보며 말했다.

"긴자의 백화점이라면 평일이라도 사람이 많을 거야. 그런데 어린이 옷 매장이나 식품점의 점원이 어떻게 그 사람을 기억하지?"

"어린이 옷 매장에서 작은 셔츠 하나를 사는 데 약 한 시간이나 소비했으니까. 그러다 결국은 사지 않았다는 거야. 점원의 말로는 너무 짜증나는 손님이라 기억한다고 하더군. 등심커틀릿의 경우는 폐점 시간이 다 되어 디스카운트를 시작할 때까지 가게 앞에 서 있어서 기억한다고 하고. 그렇지만 그런 알리바이가 아무리 많아도 소용이 없어. 중요한 것은 그 이전의 알리바이니까."

구사나기의 말을 듣는 둥 마는 둥 유가와는 묵묵히 뭔가를 생각하고 있었다. 이럴 때는 무슨 말을 해도 소용이 없다는 것을 알기에 구사나기는 의자에 앉아 조용히 기다렸다.

이윽고 유가와가 말했다.

"피해자의 집으로 안내해 줄 수 있어?"

"얼마든지."

구사나기는 자리에서 일어났다.

"흥미가 일어?"

"내가 흥미를 느끼는 점은."

유가와가 일어서면서 말했다.

"그 부인에게 알리바이가 없다는 사실이야. 왜 알리바이가 없을까?"

3

야지마의 공장에서는 세 명의 남자가 제각기 작업에 열중하고 있었다. 삼십 대 중반의 스즈키와 다나카, 가장 나이가 많은 사카이.

볼링 선반에서 금속판에 구멍을 뚫고 있던 스즈키가 구사나기를 보고 입술을 비틀었다.

"또 왔어요? 우리에게 도대체 무슨 용건이 있어서."

"아니, 오늘은 딱히 용건이 있어서 온 건 아니고 공장안이나 한번 둘러보려고요."

"그건 아무래도 좋지만 방해는 하지 마시오. 아무리 불경기라지만 우리도 할 일이 있으니까."

"예, 잘 알았습니다."

구사나기는 웃으며 말했다.

스즈키가 유가와 쪽을 힐끗 보고는 혀를 찼다.

"부인이 오늘도 경찰에 불려갔는데 대체 왜 그러는 거요?"

"여러 가지 확인할 게 있어서요."

"확인, 확인. 정말 이상하잖아. 당신 설마 부인을 의심하는 건 아니겠지? 그렇다면 헛다리짚은 거야. 부인이 그런 짓을 할 리가 없잖아."

"가즈!"

안쪽에서 크게 부르는 소리가 들렸다. 사카이였다.

"쓸데없는 말 말고 일이나 계속해."

"아, 예."

스즈키는 가볍게 손을 들어 올리고는 볼링 선반으로 고개를 돌렸다. 그런 다음 구사나기 쪽을 힐끗 보더니 당신들 때문에 야단을 맞았다고 불평하는 듯 큰 소리로 혀를 찼다.

구사나기는 유가와와 나란히 공장 안을 둘러보았다. 하지만 자신도 이 공장 안을 둘러보는 이유를 잘 몰랐다. 유가와가 보고 싶다고 해서 왔을 따름이다.

공장에는 공작 기계와 복잡한 전기 장치들이 늘어서 있었다. 예전에는 더 많은 종업원이 있었을 것이다. 마지막 순간까지 남은 직원이 바로 이 사람들이겠지.

"이들의 알리바이는?"

걸으면서 유가와가 낮은 목소리로 물었다.

"확인했지. 세 사람 다 알리바이가 있어. 젊은 두 사람은 여기서 계속 일을 하고 있었어. 이웃 사람의 증언도 있고. 가장 나이가 많은 사카이는 거래처에 물품을 가져다주러 갔었고. 사이다마에 있는 회사인데 아무리 서둘러도 편도 한 시간 반은 걸려. 그 회사를 나선 것이 다섯 시 반, 일곱 시 지나서 돌아왔다는 사실이 확인되었어. 호텔 브리지에 들를 여유가 없었지."

유가와는 말없이 고개를 끄덕였다.

종업원 다나카는 하얀 플라스틱 탱크 만드는 일을 하고 있었다. 복잡하게 생긴 두 개의 용기를 붙여서 하나의 용기로 만드는 것이다. 접착제를 사용하지 않고 용기의 둘레를 열로 녹여서 순간적으로 붙인다. 이른바 용접이다. 테두리를 가열하는 것은 납작한 국수처럼 가늘고 평평한 히터를 사용한다. 히터는 용기의 테두리 형태에 맞게 구부러져 있었다.

"아, 정말 멋지게 맞추는군요."

다나카의 뒤에 서서 유가와가 감탄한 듯이 말했다.

"테두리에 딱 맞춘 히터를 사용하면 모든 부분을 동시에, 그리고 똑같은 정도로 녹일 수 있겠네요."

"이건 우리 공장의 주특기 종목이오."

퉁명스러운 말투였지만 그 목소리에는 자부심이 배어 있었다.

"지금 뭘 만들고 있습니까?"

"자동차의 윈도 워셔액을 넣는 탱크. 이건 시작품이오."

"호오." 하고 유가와는 고개를 끄덕였다. 물리학자가 현장의 기술에 관심을 보이자 구사나기는 그가 사건을 까맣게 잊은 모양이라고 생각했다.

그러던 유가와의 눈이 전방의 벽을 바라보다가 순간 멈추었다.

"저건?"

구사나기도 그쪽을 바라보았다. 벽에 '일사입혼(一射入魂)'이라는 붓글씨가 걸려 있었다.

"사장이 쓴 겁니다."

뒤에서 목소리가 들렸다. 돌아보니 사카이가 서 있었다.

"아, 그렇습니까?"

구사나기가 대답했다.

"무슨 뜻이죠, 일사입혼이란 말?"

"사격이오."

사카이는 손가락으로 권총을 만들어 쏘는 시늉을 했다.

"그 정도 집중력으로 일을 하라는 뜻이지요."

"아하……, 야지마 씨가 사격을 하셨어요?"

"글쎄요, 그런 이야기는 들어 보지 못했는데. 그냥 비유적으로 생각해 낸 말일 겁니다."

구사나기는 고개를 끄덕이긴 했지만 마음 한구석에서 께름칙한 느낌을 지울 수 없었다. 왜 사격에 비유했을까.

"그런데 말이오."

사카이가 장갑을 벗으면서 구사나기와 유가와를 번갈아 바라보았다.

"아까 가즈가 말했듯이 쓸데없이 부인을 의심하지 않았으면 좋겠는데."

"딱히 의심하는 건 아닙니다."

구사나기가 그렇게 말했지만 사카이는 고개를 가로저었다.

"거짓말 말아요. 잘 들어요. 그날 사장은 빌려 준 돈을 받으러 간다면서 나갔단 말이오. 그런데 왜 부인을 범인 취급 하고 그래요."

"야지마 사장을 불러낸 사람은 다른 인물인지 몰라."

옆에서 유가와가 말했다.

"그렇지만 그 인물이 부인에게 의뢰받았을 가능성도 있지 않을까."

사카이는 잠시 유가와를 노려보다가 후, 하고 숨을 토해 냈다.

"그런 생각을 하는 건 당신들이 그 부부에 대해 잘 모르기 때문이오. 하청의 하청을 받아 열심히 일해서 이런 공장까지 만들어 낸 사람들이오. 얼마나 서로를 믿고 열심히 일했는지 나는 잘 알아요. 절대로 서로를 배신할 사람이 아니라는 걸 알아 두시오."

대답할 말이 없어 구사나기는 입을 다물었다. 유가와도 아무 말 하지 않았다.

"미안하지만 오늘은 이만 돌아가 주시오. 부인이 돌아올 시간이에요. 집에 돌아왔는데 형사 얼굴이 보이면 기분이 어떻겠소."

사카이의 말투에는 적의가 담겨 있었다.

야지마 공업을 나서자마자 유가와가 툭 한 마디를 던졌다.

"역시 장인은 대단해. 그 기술이라고 해야 하나, 예술혼이라고 해야 하나, 컴퓨터로는 도저히 감당할 수 없는 경지라 해야겠지."

"그건 그렇고, 뭐 알아낸 거 없어?"

"알아낸 거?"

"시침 떼지 마. 내가 왜 자네를 여기까지 데리고 왔다고 생각해?"

구사나기가 조금 짜증 섞인 소리로 말하자 유가와는 빙긋 웃었다. 그리고 바지 호주머니에서 뭔가를 꺼냈다. 그것은 두께가 이삼 밀리미터, 길이가 몇십 센티미터쯤 되는 끈이었다.

하얀색으로 한쪽 끝이 둥그런 고리를 이루고 있었다.

"공장의 구석에 떨어져 있었지."

"아, 어느새."

구사나기는 그것을 받아 들었다. 자세히 보니 그것은 단순한 끈이 아니라 실 같은 것을 몇 겹 합친 것이었다.

"뭐야, 이건?"

"아직은 모르겠어. 자네가 보기에 시체의 목을 조른 흔적과 이 끈이 일치할 것 같지 않아?"

유가와의 말을 듣고 구사나기는 시체를 떠올리며 다시 끈을 살펴보았다.

"아마 일치할 거야……."

"그렇다면 재미있어, 아주."

그러면서도 물리학자의 눈은 웃고 있지 않았다.

4

야지마 다카코가 갑자기 자신의 알리바이를 주장하고 나선 것은 사건이 일어난 지 꼭 일주일째 되는 날이었다.

수사본부가 설치된 히사마쓰 경찰서까지 스스로 나와 수사관에게 계산서를 한 장 내밀었다. 사건 당일 들렀다는 커피숍에서 받은 것이라고 했다. 없어졌나 보다고 생각했는데 핸드백 구석에 박혀 있더라는 것이다. 십삼일이고 오후 여섯 시 사십오 분에 계산했음을 알려 주는 숫자가 선명히 찍혀 있었다.

가게 이름은 '루프랑'. 구사나기는 시간을 내어 후배 형사를 데리고 확인 조사를 나갔다.

'루프랑'은 긴자 3가에 있었다. 빌딩 이 층에 자리 잡은 커피숍 유리창 너머로 중앙로가 내려다보였다. 인테리어나 장식품이 세련되고 고급스러웠다. 아무 생각 없이 들어갔다는 야지마 다카코의 말을 듣고 서민적인 경양식집을 연상하고 있던 구사나기는 조금 의외라는 느낌을 받았다. 그리고 이렇게 알기 쉬운 장소를 잊고 있었다는 것도 이상했다.

"아, 이 손님. 예, 왔었습니다."

햇볕에 그은 얼굴에 하얀 셔츠가 잘 어울리는 젊은 매니저가 구사나기가 내미는 사진을 보고 그렇게 말했다. 야지마 다카코의 사진이었다.

"분명해요?"

"분명히 기억합니다. 지난주 목요일이었을 겁니다."

"정확히 기억하고 있군요. 매일 많은 손님이 올 텐데."

"우리도 이 사람을 찾고 있었거든요."

매니저가 말했다.

"두고 간 물건이 있어서요."

"두고 간 물건?"

"잠깐만 기다려 주세요."

그는 카운터로 가더니 작은 종이 봉지 하나를 들고 돌아왔다. 그리고 구사나기 앞에서 그 내용물을 꺼냈다. 그것은 낡은 콤팩트였다.

"이걸 자리에 두고 가셨습니다. 언젠가 오실 것 같아서 보관해 두었습니다."

"우리가 본인에게 전해 주도록 하지요."

"아, 그래 주신다면 고맙고요."

"그런데."

구사나기가 말했다.

"이 사진에 있는 사람이 맞아요? 다시 한 번 자세히 보세요."

젊은 매니저는 의아하다는 표정을 지으며 사진을 다시 바라보았다.

"분명히 이 사람이 맞습니다."

그리고 사진을 돌려주며 말했다.

"사실은 그날 사소한 트러블이 있어서 말입니다. 하긴 트러블이라고 할 수도 없지만."

"뭔데요?"

구사나기가 묻자 매니저는 주위를 둘러보고 얼굴을 가까이 댔다.

"이 손님의 차에 벌레가 들어갔습니다."

"벌레?"

"작은 모기입니다. 일이 센티미터쯤 되는. 아이스티에 들어가 있었어요."

"그래서 그 손님이 소란을 피웠습니까?"

아니라고 매니저는 고개를 저었다.

"옆을 지나가는 나를 조용히 불러서 작은 목소리로 알려 주었습니다. 덕분에 다른 손님에게 들키지 않고 지나갈 수 있었고요. 물론 아이스티도 새로 내드렸습니다."

"아, 그런 일이 있었군요."

왜 야지마 다카코는 그 일을 경찰에게 말하지 않았는지 구사나기는 의아한 생각이 들었다. 설령 가게 이름이나 장소가 기억나지 않는다 하더라도 알리바이를 주장하고 싶었다면 당연히 했어야 할 말이었다.

그때 마키다가 점장에게 말했다.

"그런 경우는 대금을 청구하지 않을 것 같은데요."

"물론 그래야겠지만, 손님께서 꼭 지불해야겠다고 말씀하셔서 할 수 없이 받고 말았습니다."

"꼭 지불해야겠다고……."

구사나기는 카운터에서 계산을 하는 손님을 뚫어져라 바라보고 있었다. 손님은 계산서를 받고 있었다.

부인은 계산서가 필요한 것이 아니었을까. 그런 생각이 들었다.

가게를 나선 후 구사나기는 야지마의 집으로 향했다. 다카코는 집에 있었다.

콤팩트를 보여 주자 부인은 표정이 밝아졌다.

“커피숍에서 잃어버린 것도 모르고 엉뚱한 곳에서만 한참 찾았네요.”

구사나기는 내친김에 아이스티에 모기가 들어갔다는 이야기를 확인해 보았다. 그녀는 방금 기억이 떠올랐다는 표정으로 말했다.

“아, 그런 일이 있었어요. 왜 그 생각이 안 났는지 모르겠네. 예, 맞아요. 작은 모기가 들어가 있었어요. 입에 대기 전에 발견해서 괜찮았지만.”

“그 일을 빨리 떠올렸더라면 이렇게 고생하지 않아도 됐을 텐데 말입니다.”

구사나기는 슬쩍 그렇게 말을 던져 보았다.

“그러게 말입니다. 얼이 빠져서 머리가 제대로 돌아가지 않았던 것 같아요.”

그런 다음 그녀는 죄송하다며 고개를 숙였다.

구사나기가 야지마의 집을 나서는데 앞에서 아키에가 걸어오고 있었다. 발걸음이 무거워 보였다. 구사나기는 문득 이 소녀에게 아무 말도 들어 보지 않았다는 사실을 떠올렸다.

안녕, 하고 말을 걸었다. 아키에는 경계하는 눈빛으로 발걸음을 멈추었다.

"지금 학교가 끝난 거니?"

웃는 얼굴로 그가 물었다.

"범인은 잡았어요?"

아키에가 딱딱한 표정으로 물었다. 어른스러운 말투였다.

"열심히 수사하는 중이야. 그러니 너도 생각나는 게 있으면 뭐든 말해 줘."

그러자 소녀는 조금 토라진 표정을 지었다.

"어른들은 내가 하는 말을 귀담아듣지 않아요."

"그렇지 않아. 혹시 하고 싶은 말이라도 있니?"

아키에는 구사나기의 얼굴을 빤히 쳐다보았다.

"절대로 안 믿을걸요."

"그렇지 않아. 무슨 말을 해도 믿을게."

구사나기의 말에 소녀는 조금 망설이는 눈치를 보였다. 그러더니 이윽고 입을 열었다.

들어 보니 어른이라면 누구도 믿지 않을 내용이었다. 구사나기도 건성으로 고개를 끄덕이고 있었다.

불덩어리, 도깨비불? 잘못 보았을 것이다. 사건과는 관계없어. 머릿속으로는 그런 생각을 하고 있었다.

구사나기의 보고를 들은 마미야 경부는 떨떠름한 표정을 지었다. 야지마 다카코의 알리바이는 완벽 그 자체였다. 외출해서 돌아올 때까지의 행동이 거의 증명되었다. 물론 이삼십 분 정도의 공백이 여기저기 있었지만 그 시간으로는 범행을 저지를 수 없다.

"다시 처음으로 돌아가야겠어. 그 여자에게서 분명히 냄새가 났었는데 말이야."

마미야는 아직도 포기하지 못하는 눈치였다.

경부가 그녀를 지목한 것은 알리바이가 없었기 때문이 아니다. 야지마 다다아키에게 걸린 보험금의 태반이 요 몇 달 사이에 계약한 것이었기 때문이다.

"하지만 도저히 이해하기 힘듭니다. 콤팩트를 잃어버린 줄도 몰랐다는 것은 그렇다 치더라도 아이스티에 모기가 들어간 것은 누구라도 잊을 수 없는 사건이니까요. 알리바이를 캐물었을 때 맨 먼저 대답해야 하는거 아닙니까?"

"그렇긴 하지만 본인이 깜빡했다는데야 어떡하겠어."

불퉁한 표정으로 마미야가 말했다.

"혹시 남자 공범이……."

그것도 수사본부 내부의 유력한 추정 가운데 하나이다. 그러나 다카코의 주변에서는 그럴듯한 남자가 나오지 않았다.

"야지마 공업 종업원들의 혈액형은 A가 둘, O가 하나. B형은 없어요."

마키다가 말했다. 현재 범인의 혈액형은 B형으로 추정된다. 현장에 있던 재떨이의 담배꽁초에서 추출한 것이다. 피해자 야지마의 혈액형은 O이고 게다가 담배도 피우지 않는다.

이 담배꽁초가 범인의 유일한 증거물이라 할 수 있다. 캔 커피가 두 개 놓여 있었지만 한쪽 캔에는 지문을 닦아 버린 흔적이 있었다. 문손잡이도 마찬가지였다.

또한 현장에는 야지마 다다아키의 스포츠백이 놓여 있었는데 그 안에는 회사의 파일이 들어 있을 따름이었다.

이날 구사나기는 경찰서 옆의 라면집에서 늦은 저녁을 먹고 있었다. 휴대 전화가 울렸다. 유가와였다.

"어때, 그 이후로 뭐라도 건진 게 있어?"

유가와가 느긋하게 물었다.

"어려워. 야지마 다카코에게 생각지도 못한 카운터펀치를 먹고 말았어."

구사나기는 그녀의 알리바이에 대해 상세히 설명해 주었다.

"정말 재미있어."

유가와는 흥미를 느끼는 듯했다.

"이제 슬슬 트릭의 구조가 보이기 시작하는군."

"구조?"

구사나기는 휴대 전화를 고쳐 잡았다.

"자네한테 보여 주고 싶은 게 있으니까 내일 밤 우리 연구실로 와."

"사람 애간장 태우지 말고 지금 말해."

"백문이 불여일견이란 말이 있잖아. 그럼 내일 봐."

"자, 잠깐."

구사나기가 급하게 불렀다.

"자네가 좋아할 만한 이야기가 하나 있어. 들어 볼래?"

"내용에 따라서."

"틀림없이 듣고 싶을걸. 불덩어리 이야기니까."

"오호……."

"어때, 듣고 싶지?"

구사나기는 아키에에게 들은 이야기를 그대로 전했다.

"정말 멋져."

이야기를 다 듣고 난 유가와는 수화기 건너편에서 그렇게 말했다.

"내일이 정말 기다려져."

"어, 어이!"

구사나기가 불렀지만 전화는 끊어지고 말았다.

5

밤의 대학 캠퍼스가 이렇게 음침할 줄 몰랐다고 중얼거리며 구사나기는 데이도 대학 공학부 쪽으로 걸어가고 있었다. 학생 시절에 이런 시간까지 캠퍼스에 남아 있었던 적이 있었던가 생각해 보았다. 늦게까지 배드민턴 연습을 하긴 했지만 그때는 오로지 체육관 안에만 있었다.

물리학과 제13연구실 문을 두드렸을 때는 벌써 여덟 시가 넘어가고 있었다. 그래도 복도에는 학생들이 오가고 있었다. 새삼 자연계 학생은 참 힘들겠다는 생각이 들었다.

유가와는 싸구려 머그 컵을 한 손에 들고 의자에 앉아 있었다. 컵 속의 내용물은 말할 것도 없이 인스턴트커피일 것이다.

"마침 세팅을 끝내고 한숨 돌리던 참이야. 자네도 커피 한 잔 마실래?"

"아니, 됐어."

구사나기는 가볍게 손사래를 치고 옆에 있는 작업대를 바라보았다. 마네킹의 상반신이 누워 있었다.

"이건."

"설명할 필요도 없지, 뭐. 피해자인 야지마 다다아키. 조명 효과를 연구하는 팀한테서 빌려 왔어."

"알아낸 거라도 있어?"

"알았다고 할까, 나름대로 결론을 내렸다고나 할까."

"뭔데? 빨리 말해 봐."

유가와는 머그 컵을 내려놓고 자리에서 일어나 작업대 쪽으로 다가갔다.

"이 마네킹 꽤 무겁더군. 상반신만 해도 이 지경인데 하반신까지 빌렸더라면 큰일 날 뻔했어."

유가와는 구사나기 쪽을 돌아보았다.

"마네킹이 이 정도니 진짜 사람이라면 더 힘들겠지. 피해자는 체격이 꽤 건장한데다 마네킹처럼 딱딱하지도 않아. 침대 위에 눕히려면 땀 좀 흘렸을 거야."

아, 구사나기는 저도 모르게 소리를 냈다.

"현장의 상황으로 단순히 추리하자면 야지마는 범인과 테이블을 사이에 두고 마주 앉아 있었던 거야. 물론 의자에. 그런데 수면제가 든 커피 때문에 잠들어 버렸을 테지. 그 다음에 범인에게 교살되었어. 그러나."

유가와는 검지를 세웠다.

"왜 범인은 굳이 야지마를 침대에 눕혔을까? 그럴 필요가 있었을까? 죽이는 것만이 목적이었다면 의자에 앉아 잠들어 버린 야지마의 목을 그 자리에서 졸라 버리면 될 텐데."

구사나기는 입가를 손가락으로 긁적거렸다. 듣고 보니 그렇다. 지금까지 아무도 그런 생각을 못한 것이 오히려 이상할 정도였다.

"불가사의한 일은 그것만이 아니야. 범인은 왜 테이블 위의 캔 커피를 치우지 않았을까? 지문을 닦아 낸 흔적이 있다고 하는데, 그럴 바에는 차라리 가지고 가는 게 확실하지 않을까? 재떨이 속의 꽁초도 그래. 범인이 깜빡했다고 보기에는 좀 무리가 있어."

"그렇다면 뭔데?"

구사나기가 초조한 목소리로 물었다.

유가와는 안경을 벗어 흰 가운 자락으로 렌즈를 닦은 후 다시 썼다.

"내 추리는 이래. 침대에 누운 것은 야지마 본인의 의지에 의한 것이라고. 캔 커피나 꽁초의 주인은 존재하지 않아. 전부 그가 준비한 것이야. 다시 말해 야지마 다다아키는 살해당한 것이 아냐. 타살을 위장한 자살이란 거지."

"자살?"

구사나기의 목소리 톤이 높아졌다.

"농담이지? 상황을 어떻게 해석하면 자살이 돼?"

"그냥 평범하게 해석했을 뿐이야. 그 결과 그런 결론에 이르렀고. 가족과 종업원들을 구하기 위해서 그는 죽음을 선택한 거야. 생명 보험에 가입한 지 일 년 미만의 자살로는 보험금을 탈 수 없으니까."

"말도 안 돼. 나는 여태 많은 시체를 보았지만 자기가 자기 목을 졸라 죽은 시체는 보지 못했어. 물론 있을 수 없는 일이라고는 하지 않겠어. 예를 들면, 젖은 수건으로 목을 조르면 의식을 잃은 후에도 조르는 힘이 줄어들지 않으니까 목숨이 끊어진다는 이야기는 있어. 그렇지만 그건 예외적인 경우야. 이 건은 교살흔만 봐도 절대로 스스로 목을 졸라 죽은 게 아냐."

"이번 사건은 예외 중의 예외라고 할 수 있어. 야지마 다다아키는 면밀하게 계획을 세워 스스로 목을 졸라 죽은 거니까."

구사나기는 고개를 저으며 도저히 있을 수 없는 일이라고 중얼거렸다.

유가와는 가운 호주머니에서 뭔가를 꺼냈다. 어제 야지마 공업에서 주운 끈이었다.

"이 끈의 정체를 알아냈지. 뭐일 것 같아?"

"몰라."

그러자 유가와는 책장 건너편으로 사라졌다. 다시 나타난 그의 손에는 의외의 물건이 있었다.

"그건……."

"이 끈의 정체는 양궁에서 사용하는 현이었어. 자세히 봐.

똑같지?"

활에는 가느다란 시위가 팽팽하게 걸려 있었다. 야지마 공업의 공장에서 주운 것과 비교해 보니 똑같았다. 끈의 끝에 달린 조그만 고리는 활에 걸기 위한 것이었다.

"공장 벽에 '일사입혼'이라 적힌 종이가 붙어 있었잖아? 그 말은 활 쏘는 사람이 사용하는 말이야. 옛날 양궁부에 있던 친구에게 들은 적이 있어. 야지마 다다아키의 경력을 자세히 조사해 보면 될 거야. 80퍼센트 이상의 확률로 활을 쏘아 본 경험자일 테지 아마도."

"……조사해 보지. 그렇지만 이런 게 무슨 관계가 있다는 건지 모르겠는걸."

"그걸 지금부터 설명하지. 보면 알겠지만 양쪽에서 강한 힘으로 당기면 시위가 팽팽해져. 나는 야지마 다다아키가 이 힘을 이용하여 자신의 목을 졸랐을 것으로 추론하고 있어. 문제는 그 방법이야."

유가와는 작업대로 돌아가더니 마네킹의 정수리에서 몇 센티미터 떨어진 곳에 활을 내려놓았다. 또한 현이 마네킹의 목 부근에 닿도록 위치를 조절했다. 활과 현 사이에 머리가 들어가는 형태였다.

"물론 이것만으로는 아무 일도 일어나지 않아. 여기서 또 하나의 활이 등장하는 거야."

유가와는 작업대의 서랍을 열더니 새롭게 하나의 현을 꺼냈다.

"다만 이 현은 현재 매달려 있는 시위보다도 삼십 센티미터 정도 길어. 양궁부에 가서 특별히 만들어 달라고 했지. 노련한 선수는 재료가 되는 가느다란 현을 사서 자신에게 맞는 시위를 만들 수 있어. 물론 이걸 만들어 준 부원도 이렇게 긴 것은 처음 만들어 본다고 했지만."

유가와는 긴 현의 한쪽 끝을 활의 한쪽에 걸고 마네킹의 목을 빙글 한 바퀴 돌린 다음 다른 한쪽 끝을 활의 반대쪽에 걸었다. 길이는 약간의 여유를 두는 정도로.

"이렇게 활에는 두 개의 시위가 걸려 있어. 그러나 현재 활을 휘게 만드는 것은 짧은 시위야. 이런 상태에서 만일 이 짧은 시위를 끊어 버리면 어떻게 될까?"

유가와가 구사나기에게 물었다.

"어떻게 되다니, 당연히 활은 팽팽해지려 하겠지. 그렇지만 또 하나의 시위가 매달려 있다면……."

"이번에는 그쪽 시위에 활의 힘이 걸리겠지. 시위가 팽팽해진다는 것은 마네킹의 목이 졸린다는 말이고."

이제 알았냐고, 유가와는 빙긋 웃었다.

"야지마가 이런 장치를 만든 다음 스스로 짧은 시위를 잘랐다는 말인가?"

"그래도 죽었을 테지만 그는 그렇게 하지 않았어. 수면제를 먹고 잠든 사이에 죽도록 장치를 해 둔 거지."

"짧은 시위가 자동적으로 잘리게 했다는 말이로군. 타이머 같은 걸 사용해서."

"타이머를 사용했을 테지. 그러나 문제는 자르는 방법이야. 나도 그 문제에 대해 정말 골치를 썩였어. 왜냐하면 양궁에 사용할 정도니까 시위의 소재는 아주 질겨. 커터나이프나 가위로 자를 수야 있겠지만 그걸 자동적으로 자르려면 아주 복잡한 또 하나의 장치가 반드시 있어야 해. 간단하고 부피도 작은 장치를 만들 수 없을까 생각해 봤지."

"자네라면 아주 좋은 아이디어를 떠올렸겠지."

"내가 생각해 냈다고 하면 정확한 표현이 아닐 거야. 힌트가 있었으니까."

그렇게 말하고 유가와는 공장에서 주운 끈을 다시 한 번 집어 들었다.

"이 끝의 절단면은 아마도 야지마 다다아키가 뭔가 실험을 한 결과로 나온 걸 거야. 그래서 절단면을 관찰해 보았지. 그랬더니 역시 나이프로 절단한 흔적은 아니었어. 현미경으로 살펴보았더니 실 한 올 한 올의 끝이 둥글어. 그래서 어떤 장치인지를 알아냈지."

"어떤 장치인데?"

"열이야."

"열?"

"이 현의 소재는 고밀도 폴리에틸렌이야. 기계적인 강도는 있지만 열에는 약해. 즉, 녹여서 끊어 버리는 것이 가장 빨라. 그렇다면 문제는 어떻게 열을 가할 것인가인데."

유가와는 작업대 구석에 놓여 있던 전기 코드 쪽으로 손을 뻗었다. 그 끝에는 5센티미터 정도의 금속 막대기가 달려 있었다.

"이걸 사용하는 거지. 끝에 달려 있는 거, 어디서 본 것 같지 않아?"

그렇지만 구사나기는 본 적이 없는 것이라 고개를 갸웃했다.

"야지마 공업에서 보았잖아. 윈도 워셔액의 탱크를 만드는 데 사용하던 히터. 그 히터를 짧게 자른 것이야."

"아."

생각이 났다. 다나카가 사용하던 기계이다.

유가와는 펜치로 히터의 뿌리쪽을 잡고 팽팽한 시위에 가볍게 대보았다.

"야지마 다다아키는 이 상태에서 히터를 고정시킬 수 있는 간단한 기구를 마련해 두었을 거야. 그렇지만 오늘은 내가 이렇게 들고 있도록 하지. 또한 본래는 타이머를 사용했을 테지만 준비된 게 없으므로 구사나기 타이머를 활용하지, 뭐."

"구사나기 타이머?"

"내가 신호를 보내면 히터에 연결된 코드의 플러그를 콘센트에 꽂아 줘."

유가와가 시키는 대로 구사나기는 코드의 플러그를 들고 콘센트 곁에서 준비 자세를 취했다.

"위험하니까 활에는 다가가지 말고. 잘 지켜봐."

"알았어."

"좋아, 됐지. 스위치 온!"

신호에 따라 구사나기는 플러그를 콘센트에 찔러 넣었다.

그러자 유가와가 들고 있는 히터가 빨갛게 달아올랐다. 야지마 공업에서 본 것과 같은 색이었다.

"시위가 잘릴 거야."

유가와가 소리를 높였다.

그 직후 탕, 소리와 함께 활과 마네킹이 한 번 움직였다. 아까까지 팽팽하던 시위가 잘려 아래로 축 늘어졌다. 그 대신에 다른 시위가 팽팽해져 있었다. 그 현이 마네킹의 목을 졸랐다.

"눈을 떼지 마. 다음이 있으니까."

히터는 여전히 열을 뿜어내고 있다. 그 열은 남은 또 하나의 현도 녹이고 있었다. 격한 소리와 함께 활이 작업대 위에서 튀었다. 그와 함께 잘린 시위가 공중으로 날아올랐다. 그 끝의 불이 마치 하늘로 날아오르는 것처럼 보였다.

"스위치 오프, 구사나기."

유가와의 말대로 구사나기는 콘센트에서 플러그를 뽑았다. 유가와는 여전히 뜨거운 히터를 조심스럽게 개수대로 가지고 갔다.

"지금 그것이 불덩어리의 정체……."

구사나기가 중얼거렸다.

"사건 전날 야지마는 마지막 실험을 했던 거야. 그것을 아키에짱이 목격한 것이고."

"호텔의 카펫이 탄 것도 불에 탄 시위의 끝 때문이었겠지. 그리고."

유가와는 마네킹의 목을 가리켰다.

"여길 봐."

손가락이 가리키는 부분을 보고 구사나기는 저도 모르게 소리를 내고 말았다.

마네킹의 목에는 날카로운 찰과상이 나 있었다. 그것은 분명 조른 흔적이 아니었다.

"방금 보았던 것처럼 두 번째 시위가 잘리면 이젠 활의 힘을 막아 주는 것이 없으므로 활이 똑바로 펴져. 그 힘으로 목에 감긴 현이 단숨에 빠지게 돼. 그 마찰로 이런 상처가 생기는 거지."

"야지마의 목에 난 상흔도 그게 원인이었군."

구사나기는 곁에 있는 의자에 앉았다. 모든 게 맞아떨어졌다.

"어때, 구사나기 형사."

유가와가 물었다. 성공적인 실험에 만족스럽다는 듯 입가에 미소를 머금고 있었다.

"그렇지만 현장에는 이런 장치가 없었어."

"물론 공범자가 처리했을 테지. 아주 거창한 장치처럼 보일지 모르겠지만 그리 복잡하지 않아. 이 활만 해도 세 부분으로 분해할 수 있으니까 스포츠백에 가볍게 넣을 수 있을 테고."

"공범자가…… 있었단 말이지?"

"그럴 거야. 99.9퍼센트의 확률로."

구사나기는 생각해 보았다. 그 호텔이라면 밤에 접근하면 사람들 눈에 띄지 않을 것이다. 야지마 다다아키와 공범자가 사전에 방 열쇠를 숨겨 둘 장소를 정해 두지 않았을까. 공범자는 그 열쇠를 찾아내 바로 방으로 가면 된다. 그리고 가능한 한 유해에 손을 대지 않고 모든 장치를 회수한다. 그냥 두어서는 야지마 다다아키의 가방이 텅 비어 버릴 것이므로 지참한 파일 등을 넣어 둔다.

"공범자라면 다카코일까?"

구사나기가 고개를 갸웃하며 말했다.

"그렇게 생각해?"

유가와가 물었다.

"아니라는 건가?"

"난 야지마 다다아키가 부인에게는 절대로 이 계획에 대해 말하지 않았다고 봐. 이야기하면 말릴 게 뻔하니까."

"그렇다면…… 그 사내인가?"

사카이 요시유키의 얼굴이 구사나기의 뇌리에 떠올랐다.

"그럴 테지. 누구보다 완벽한 알리바이를 가지고 있다는 것이 오히려 수상쩍어."

"좋아."

구사나기는 자리에서 일어섰다.

"유가와, 이 실험을 우리 과장한테도 보여 주면 좋겠는데."

"필요하다면 어쩔 수 없지, 뭐."

"반드시 필요해."

구사나기는 잰걸음으로 연구실을 나섰다.

6

구사나기의 말을 듣고 마미야 경부는 경탄했다. 경부만이 아니라 다른 수사관들도 충격을 받은 듯했다.

곧 야지마 다다아키의 경력 조사에 들어갔다. 그러자 유가와가 단언했듯 그가 학생 시절부터 약 십 년간 양궁을 했다는 사실이 드러났다. 또한 시내의 모 스포츠숍을 조사한 결과 그가 시위의 재료를 사 갔다는 사실도 알아냈다.

그러나 수확이라 해 봐야 그것뿐이었다. 유가와가 실험한 것과 같은 일이 호텔 안에서 벌어졌음을 증명할 만한 어떤 물증도 발견되지 않았다.

물론 야지마 공업의 공장에는 실험을 충족시켜 줄 모든 도구가 갖추어져 있었다. 히터, 타이머, 전기 코드 등이다. 그것들이 갖추어져 있다고 해서 그런 일이 벌어졌다고 할 수는 없다.

수사관들이 초조해하는 가운데 시간만 흘러갔다.

사건이 일어난 지 한 달 후 구사나기는 유가와의 연구실을 찾아갔다. 그 실험을 본 이후로 처음이었다.

"그렇다면 사건은 미궁에 빠질 가능성이 농후하다는 거로군."

구사나기의 말을 듣고 유가와가 말했다.

"그것보다 우리의 역할이 끝났다는 느낌이야. 그 다음은 2과 형사들이 알아서 할 일이고."

"그렇군. 보험 사기 사건이라는 것이겠지."

유가와는 컴퓨터 모니터를 바라보고 있었다. 거기에 표시된 복잡한 이미지의 의미를 구사나기는 알 수 없다.

"활은 발견되지 않았어?"

"야지마의 집에서 케이스만 나왔지. 그렇지만 정작 중요한 활은 사라지고 없어. 아마도 사카이가 처분했을 테지. 장치의 흔적이 남아 있을지도 모르는데."

"그들이라면 신중하게 했을 거야."

당연히 그랬을 것이라는 표정으로 유가와가 말했다.

"이번 사건에서 참으로 모를 것은 야지마 다카코야. 그녀가 정말로 다다아키의 자살과 아무 관련이 없을까?"

다카코의 주변에 대해서는 철저하게 조사했다. 그러나 사건과 관련되었을 법한 미심쩍은 흔적이 전혀 나타나지 않았다.

"직접적인 관계는 없었을 거야. 그렇지만 그녀의 공이 컸다고 해야 하지 않을까."

"공?"

구사나기는 유가와의 옆얼굴을 바라보며 물었다.

"무슨 뜻?"

유가와는 의자를 빙글 돌려 구사나기 쪽으로 몸을 틀었다.

"야지마 다다아키는 이번 계획을 부인에게 말하지 않았을 것으로 보이지만 그렇다고 해서 그녀가 몰랐다고는 생각하지 않아. 야지마와 사카이의 분위기를 통해 어렴풋이 짐작하고 있지 않았을까."

"보험금을 노리고 남편이 자살할 거라는 사실을 알았다는 말인가?"

"그렇다면 왜 말리지 않았을까, 자네가 하고 싶은 말은 그거겠지. 하지만 그런 말을 못할 정도로 그녀도 궁지에 몰려 있지 않았을까?"

유가와의 말에 구사나기는 반론하지 않았다. 야지마 공업이 빈사 상태에 빠져 있었다는 것은 지금까지의 수사로 밝혀졌다.

"오히려 그녀는 목숨을 건 남편의 계획에 자신도 어떤 식으로든 협력하려 했어. 그게 바로 그 알리바이였고."

유가와가 말을 이었다.

"자네 말에 따르면 그녀는 세 군데에서 알리바이를 만든 셈이지."

"그래. 처음은 어린이 옷 매장, 다음은 커피숍, 마지막이 지하 식품점."

"왜 세 군데로 나누었을까?"

"그건……."

구사나기는 할 말이 없었다. 그런 식으로 생각해 본 적이 없기 때문이다.

"나의 추리는 이래. 그녀는 남편이 몇 시경에 자살할 생각인지 몰랐어. 사카이 요시유키가 알리바이를 만들고 있는 시간 내에서일 거라는 느낌뿐이었지. 그게 네댓 시간은 될 것이므로 도저히 한 곳에서 시간을 보낼 수 없었던 거야."

"흠, 그럴까?"

"이유는 또 하나가 있어."

유가와가 검지를 세웠다.

"알리바이가 없는 시간대를 자세히 구분할 수 있게 한 것이야. 형사들은 다다아키의 사망 추정 시각을 오후 다섯 시에서 일곱 시로 보고 그것에 기초하여 알리바이를 조사했어. 그래서 그녀는 커피숍에서 일어난 일을 말하지 않은 거야. 그녀의 목적은 일단 경찰의 눈을 자신에게로 돌리려는 것이었어. 만일 일곱 시 이후의 알리바이를 물었더라면 그녀는 지하 식품점의 알리바이를 감추었을 테지."

"그렇게 하여 경찰의 눈길을 충분히 자신에게 끌어들인 다음 문득 생각났다는 듯이 알리바이를 주장한 거란 말이군."

"그녀의 작전에 걸려든 것 같은 생각 안 들어?"

유가와의 안경 너머 눈동자에 심술궂은 빛이 번득였다.

"부정하기는 힘들겠어."

구사나기는 솔직히 인정했다.

"그녀에게 눈길을 빼앗기지 않았더라면 다른 생각을 했을지도 몰라. 초동 수사에 실패했다는 느낌이 들어."

예를 들면 목격자 탐문이다. 수사관들은 오후 다섯 시에서 일곱 시 사이에 호텔 주변에서 수상쩍은 사람을 본 사람을 찾으려 했다. 그러나 아무 의미도 없는 일이었다. 공범자 사카이가 움직인 것은 그날 깊은 밤이었기 때문이다.

"당하고 말았어."

"아무렴 어때."

유가와가 가볍게 말했다.

"나는 보험금이 지불되기를 바라. 일 년 이내의 자살이건 아니건 야지마 가문이 집안의 기둥을 잃은 건 사실이니까."

"그렇지만 이건 범죄야."

"룰 위반인지는 몰라. 그렇지만 일 년이라는 수치에 무슨 의미가 있어?"

유가와의 반문에 구사나기는 아무 대답도 할 수 없었다. 룰이니까, 그렇게 말할 수밖에 없다.

그때였다. 그의 휴대 전화가 울렸다. 마키다였다. 다른 사건이 일어났다는 연락이었다.

"출동이야."

구사나기가 일어섰다.

"이번에는 여기로 오지 않았으면 좋겠어."

유가와의 목소리를 등으로 받으며 구사나기는 연구실을 나섰다.

5장

예지몽

1

식탁에는 해산물을 중심으로 한 반찬이 올라와 있었다. 세이코는 고기반찬을 잘 만들지 않는다. 자신이 좋아하지 않아서다. 미네무라 히데카즈가 담백한 백포도주를 가져온 것도 그녀의 그런 취향을 잘 알기 때문이다. 나오키는 그의 그런 세심한 배려가 마음에 들었다. 구석구석 신경을 써 주고 섬세하다. 기술자로 살아간다는 것이 아깝다는 생각이 들 정도였다.

"슈르 리는 다른 것보다 빨리 수확한 포도로 만드는 겁니다. 그래서 좀 덜 익은 맛이 나는 것이고요. 그렇지만 솔직히 잘 모르겠어요."

미네무라가 자신이 가져온 와인에 대해 설명하고 있다. 지겨운 설명이 되지 않게 신경을 많이 쓴다는 것을 알 수 있었다.

"정말 산뜻하고 맛있어. 그렇지?"

글라스를 한 손에 들고 세이코가 나오키에게 동의를 구한다. 응, 그가 고개를 끄덕인다. 사실은 와인 맛을 구분할 자신이 없었다. 그는 일본 청주를 더 좋아했다.

미네무라는 나오키의 대학 후배다. 요트부의 삼 년 아래였다. 학부는 다르다. 나오키는 경제학부이고 미네무라는 공학부였다. 그 당시는 그리 친하게 지내는 사이가 아니었다. 요트부라고는 하지만 결국은 운동 모임이다. 그래서 선배와 후배 사이에는 보이지 않는 벽이 있다.

두 사람이 다시 교류하기 시작한 것은 미네무라가 나오키가 다니는 회사에 들어온 이후부터였다. 나오키는 광고부이고 미네무라는 제품 개발부라 업무상의 관련성은 적지만 요트라는 공통항이 있었다. 졸업 후에도 자신의 배를 타고 동료들과 한 해에 몇 번씩 해외에 나가는 나오키에게는 신뢰할 수 있는 부하가 있다는 것이 참으로 마음 든든한 일이었다.

그로부터 십 년도 더 지난 지금까지 미네무라와의 만남이 계속되고 있다. 바다로 나가기 며칠 전이면 그가 나오키의 집으로 와서 여러 가지 의논을 한다. 오늘 밤도 그런 이유로 찾아 온 것이다. 그럴 때면 아내가 만든 음식을 함께 먹는 것이 나오키 나름의 접대 방식이다.

미네무라가 가지고 온 와인이 거의 다 비었을 때 거실 탁자 위에 올려 둔 휴대 전화가 울렸다.

"아, 선배님 휴대 전화네요."

미네무라가 말했다.

"그렇긴 한데 무슨 일일까, 이런 시간에."

나오키는 일어서긴 했지만 서둘러 전화를 받지 않았다. 불길한 예감이 들었다. 전원을 꺼 두지 않은 자신의 실수에 스스로 화가 치밀었다.

전화는 계속 울리고 있다. 받지 않으면 미네무라와 세이코가 이상하게 생각할 것이다. 어쩔 수 없이 나오키는 전화를 받았다.

"예."

숨죽인 목소리가 들렸다.

"나."

여자였다. 귀에 익은 목소리.

"아…… 오랜만입니다."

불길한 예감이 맞아떨어졌다. 나오키는 테이블에 앉은 두 사람에게서 등을 돌렸다.

"어디야?"

"아, 지금 손님이 오셔서요. 나중에 전화하겠습니다."

나오키의 연기에 상대 여자가 웃었다.

"집에 있는 모양이네."

"아, 그렇죠. 그러니까 나중에 이쪽에서 연락하지요. 죄송합니다."

빠르게 말하고 전화를 끊으려 했다.

"끊지 마. 끊으면 계속할 테니까. 전원을 꺼도 소용없어. 만일 그랬다가는 집에다 전화할 테니까. 나, 전화번호 알고 있거든."

나오키는 온몸이 뜨거워지는 것 같았다. 여자의 목소리가 평소와 달랐다.

"예, 알았습니다. 그럼, 잠깐만요."

나오키는 휴대 전화를 귀에 댄 채 문을 열고 복도로 나섰다. 미네무라와 세이코 쪽은 바라보지 않았다. 어떤 표정을 지어야 할지 몰랐기 때문이다.

옆방으로 들어갔다. 그곳은 나오키가 서재로 사용하는 방이다.

"뭐야, 도대체? 일부러 나를 곤란하게 만들려는 거야?"

의자에 앉자마자 나오키는 그렇게 말했다.

"왜 곤란해지는데? 나라는 존재를 그렇게 숨기고 싶어?"

"지금 어떤 상탠지 생각 좀 해 봐. 바로 옆에 아내가 있잖아."

그러자 여자는 어라, 의외라는 듯 묘한 소리를 냈다.

"나에 대해 부인한테 말하기로 하지 않았던가? 벌써 알고 있어야 정상 아냐?"

"적절한 시기를 가늠하는 중이야. 이런 일에는 타이밍이란 게 중요해."

"이제 그런 말은 듣고 싶지도 않아."

"어쨌든 내일 내가 전화할게. 됐지?"

"안 돼."

여자는 단호하게 말했다.

나오키는 길게 한숨을 내쉬었다.

"뭐가 안 된다는 거야?"

"이젠 자기를 못 믿겠어. 정말로 부인과 헤어질 마음이 있을까, 그런 생각이 들어. 이런 상태가 계속되는데 누군들 그런 생각을 안 할까."

"난 거짓말 같은 건 안 해. 쓸데없이 사람 곤란하게 만드는 짓은 하지 마."

나오키가 낮은 목소리로 말했다. 벽 하나를 사이에 두고 있는 세이코가 듣는 건 아닌지 걱정스러웠다.

"지금 당장 말해."

"뭘?"

"부인한테 나에 대해 말하라니까."

"억지 부리지 마. 곧 이야기할 테니까."

"뭐가 억지라는 거야."

여자는 신경질적으로 소리쳤다.

"조금만 있으면, 조금만 있으면, 대체 얼마나 기다려야 속이 시원해? 나는 이제 못 기다려. 그러니까 이렇게 전화한 거야."

"이런 일은 서두른다고 되는 게 아니라는 거 알잖아."

나오키는 이제 사정하듯 말했다.

"자기가 말 못하겠다면 내가 하지. 부인 바꿔."

"안 된다는 거 잘 알잖아. 알았어. 내일 만나 천천히 이야기해. 장소는 어디가 좋아?"

나오키는 일 초라도 빨리 전화를 끊고 싶었다. 그러나 여자는 그의 말을 듣지 않았다.

"부인을 바꿔 달라니까."

"바보 같은 소리 좀 하지 마."

"내가 농담으로 이러는 줄 알아?"

"지금 냉정하지 못하다는 거 자신도 잘 알잖아. 머리 좀 식혀."

그러자 여자는 한순간 입을 다물었다. 나오키에게는 불길한 침묵이었다.

"자기야말로 정신 좀 차리는 게 좋을걸."

여자의 목소리가 낮아졌다.

"무슨 뜻이야?"

"자기, 지금 방에 있지? 커튼 한번 열어 보지 그래."

"뭐?"

"커튼을 열어 보라니까. 이젠 내 얼굴도 보기 싫다는 거야?"

불안이 나오키의 가슴을 가로질렀다. 무슨 생각이야, 이 여자.

그는 손을 뻗어 커튼 끝을 잡았다. 그리고 옆으로 젖혔다.

건너편 아파트의 베란다가 보였다. 그곳의 커튼도 열려 있었다. 방 안에서 여자가 이쪽을 바라보고 서 있었다. 한 손에 휴대 전화를 든 채.

"뭐 하는 거야, 지금?"

"자기가 진심을 보여 주지 않는다면 나도 생각이 있어."

그러더니 여자는 뒤로 물러났다.

거기에 파이프 행어가 보였다. 슬라이드식이고 파이프의 높이를 한껏 올려놓은 것 같았다. 옷은 걸려 있지 않았다. 다만 거기에 걸린 어떤 것을 보고 나오키는 마른침을 삼켰다. 앞에 둥그런 고리가 달린 끈이었다.

"어이, 무슨 짓이야?"

그러나 여자는 대답하지 않았다. 파이프 행어 앞에 뭔가를 두고 그 위에 올라갔다. 그녀는 나오키 쪽을 바라본 채 목에 고리를 걸었다.

"어이, 후유코!"

나오키는 여자 이름을 불렀다.

"장난치지 마."

"장난 아냐. 나도 생각이 있다고 했잖아."

"그만둬. 바보 같은 짓 하지 마."

"그만두게 하고 싶으면 내 말을 들어."

"알았어. 아내한테 말할게. 가까운 시일에 반드시 할게. 그러니 제발 이상한 짓 하지 마."

"그런 말 믿을 수 없어. 지금 바로 부인을 바꿔 줘. 나의 간절한 생각을 내 입으로 전할 테니까."

"제발 좀 봐줘라. 이건 협박이야. 나를 이렇게 괴롭히면 기분 좋아?"

"자기는 어떤데? 오랫동안 나를 고통스럽게 한 건 어떻게 생각해? 나, 더는 못 참아. 죽는 편이 더 낫다는 생각이 들어."

"미안. 자기한테 정말 잘못했다고 생각해. 그러니 제발……."

"부인 바꿔."

"지금은 안 돼."

"정말?"

"어쩔 수 없어."

"안녕."

여자가 뛰어내리는 것이 보였다. 파이프 행어가 흔들렸다.

"앗, 후유코!"

나오키가 외쳤다.

"어이, 어이, 후유코!"

수화기에서는 아무 소리도 안 들렸다. 나오키는 건너편 실내를 응시했다. 여자의 몸이 중앙에 매달려 있었다. 머리는 푹 앞으로 꺾였고, 두 팔은 축 늘어져 있었다. 연극으로 보이지 않았다.

다음 순간이었다. 누군가가 복도를 달려오는 소리가 들렸다. 이어서 문을 두드리는 소리.

"선배님, 문 좀 열어 주세요. 큰일 났어요."

미네무라의 목소리였다.

나오키가 대답하기도 전에 미네무라가 문을 열었다. 나오키가 휴대 전화를 들고 있는 것을 보고 순간 머뭇거렸다.

"죄, 죄송합니다. 아직 통화 중이었습니까?"

"아니…… 이제 끝났어."

나오키는 전화를 끊었다.

"큰일 났습니다. 건너편 집 여자가 자살하려 합니다."

미네무라의 눈이 충혈되어 있었다.

"보고 있었나?"

"예. 우연히 창문 밖을 바라보고 있는데 그런 일이……."

거기까지 말하고 미네무라는 방의 창 커튼이 반쯤 열린 것을 알아차린 것 같았다.

"선배님도 보았습니까?"

"응, 으응……."

"경찰에 연락하는 게 좋을 것 같은데요. 다른 사람들은 모르고 있는 것 같아요."

"아니, 잠깐만 기다려."

방을 나서려는 미네무라를 나오키가 불러 세웠다.

"세이코는 뭘 하고 있어?"

"부인도 보시고 큰 충격을 받은 것 같습니다. 아마 소파에 누워 계실 겁니다."

"그런가."

나오키는 입술을 깨물었다. 온갖 생각이 뇌리를 스쳤다. 그 생각들을 바로 정리한다는 건 불가능할 것 같았다. 모든 것이 혼란스러웠다.

"선배님, 경찰에……."

"잠깐만."

나오키는 오른 손바닥을 앞으로 펼치며 제지했다.

"저 여자는 내가 사귀던 사람이야."

"예?"

미네무라가 눈을 동그랗게 떴다.

"자세한 사정을 이야기할 여유는 없지만 어쨌든 그렇다는 것만 알아 두게. 조금 전에도 저 여자에게 전화가 왔었어. 아내에게 자신의 존재를 알리지 않으면 죽어 버리겠다고 말이야. 그래 봐야 협박일 거라고 생각했는데."

"정말로 자살을 시도하고 말았다는 건가요?"

그렇다고 나오키는 고개를 끄덕였다. 온몸의 힘이 빠져나갔다.

"그런……."

미네무라도 할 말을 잃고 말았다.

나오키는 두 손으로 머리를 감쌌다.

"안 돼. 경찰이 저 여자의 방을 조사하면 자살의 이유가 드러날 거야. 그렇게 되면 회사도 알아차리고…… 아아."

"알았습니다. 어쨌든 저 방으로 가 봅시다. 혹시 병원으로 옮기면 살 수 있을지도 모르니까요. 제가 가겠습니다."

"살 수 있을까?"

나오키는 힘없이 말했다. 미네무라의 말에서 일말의 희망을 느끼기도 했지만 눈앞이 캄캄한 것만은 어쩔 수 없었다.

"어떨지는 모르겠지만 그렇게 하는 수밖에 없지 않을까요?"

"그렇긴 해. 그럼 가 주겠나?"

"알았습니다. 결과는 곧 보고하겠습니다."

"열쇠는 여기 있어."

나오키는 책상 서랍을 열고 숨겨 둔 열쇠를 꺼냈다.

그러나 미네무라는 고개를 저었다.

"멋대로 들어가다가는 문제가 생길지도 모릅니다. 관리인에게 열어 달라고 하는 게 좋겠습니다."

"아, 그게 좋겠어."

미네무라가 시키는 대로 했다.

미네무라는 방을 나서자 거실로 가지 않고 곧장 현관으로 향했다. 그도 세이코에게 무슨 말을 어떻게 해야 좋을지 당혹스러울 것이다.

나오키는 손에 든 열쇠를 내려다보았다. 악몽을 불러온 열쇠였다.

2

세토 후유코는 광고 대리점에 근무하는 여사원이었다. 나오키의 회사가 개발한 신제품의 판매 촉진 캠페인 때 알게 되었다. 약 일 년 전의 일이다.

딱딱한 디자인의 슈트를 입고 열심히 일하는 그녀의 모습이 나오키의 눈에 신선하게 비쳤다. 그의 주위에는 그녀처럼 전형적인 커리어우먼이 없었다.

나오키가 먼저 전화를 걸었고 이후 두 사람은 사귀는 관계가 되었다. 몇 번 식사를 함께하고 이윽고 육체관계를 갖기에 이르렀다. 그녀는 개인적인 관계에서는 너무도 여성스러운 모습을 보였다. 질투심을 노골적으로 드러내기도 하고 때로는 소녀처럼 투정을 부리기도 했다. 일하는 모습과는 너무도 다른 그녀를 보고 나오키는 적이 당황하면서도 그것이 그녀의 매력이라고 생각했다. 요컨대 푹 빠지고 만 것이다.

아내 세이코는 얌전하면서도 말이 없는 편이었고 무슨 일이든 빈틈없이 처리하는 우등생이었다. 어떤 경우에도 남편과 가정을 우선시했다. 그 성격이 마음에 들어 그녀와 결혼했지만 몇 년이 지나자 그 빈틈없는 태도가 지겨워졌다. 그는 몇 번 바람을 피웠다. 그러나 오래 사귀지는 않았다. 하룻밤 상대도 몇 사람이나 되었다.

그러나 후유코와는 달랐다. 그녀와 있는 시간이 나오키에게는 큰 행복이었다. 이윽고 같이 살고 싶다는 생각을 하게 되었다. 후일 그는 그때의 감정을 '마가 끼었다'라며 후회하게 된다.

사귄 지 반년 만에 후유코는 임신했다. 술기운에 '이 여자와 결혼해도 좋다'라고 생각하고 피임도 하지 않고 섹스를 한 대가였다. 임신한 사실을 알고 나오키는 비로소 당황했다. 아이를 낳게 할 수는 없었다. 결혼해도 좋겠다는 생각은 했지만 실제로는 그런 각오가 되어 있지 않았다.

"곧 아내와 헤어질 테니까 그때까지 기다려 줘."

그 또한 불륜을 정리하지 못하는 남자의 상투적인 대사를 입에 담고 말았다. 무엇보다 낙태시키는 것이 최우선 과제였다. 나중 일은 나중에 생각하자고 했다.

그러나 세토 후유코는 일시적인 미봉책에 만족할 여자가 아니었다. 낙태를 한 후부터 그녀는 나오키의 간담을 서늘하게 하는 행동을 서슴지 않았다. 그가 사는 아파트 바로 건너편으로 이사를 온 것이다. 그것도 창을 정면으로 바라보는 아파트로.

"월세가 비싸서 이 아파트에는 빈방이 많아. 그렇다고는 하지만 그런 방이 비어 있었다니, 정말 행운이었어. 나, 어떤 운명적인 걸 느꼈어."

후유코가 기쁜 표정으로 말하던 모습을 나오키는 떠올렸다. 그때 그녀가 이 열쇠를 손에 쥐어 주었다.

애인이 너무 가까이 사는 건 남자에게 참으로 불편한 일이다. 그것만이 아니라 후유코는 여러 가지 면에서 나오키에게 압박을 가했다. 세이코가 쇼핑을 나가면 미행하여 "오늘 저녁 반찬 가자미조림이었지?"라고 전화로 말하는 것이었다. 또한 나오키와 세이코가 걸어가고 있으면 일부러 반대편에서 나타나 스쳐 지나가며 그의 손을 슬쩍 만지는 것이었다. 어떤 때는 나오키가 별 생각 없이 바깥으로 시선을 던지는데 쌍안경으로 이쪽을 살피고 있는 그녀의 모습을 발견하기도 했다.

그런 일들에 대해 그가 항의하면 그녀는 늘 이런 식으로 대답했다.

"자기 잘못이야. 내가 곁에 있는데도 늘 아내하고만 지내니까 방해하고 싶어지잖아. 자기를 사랑하기 때문에 도저히 참을 수가 없어."

나오키는 점점 후유코가 두려워졌다. 내버려 두면 무슨 짓을 할지 알 수 없었다.

"자기, 설마 나랑 헤어지고 싶은 건 아니겠지?"

간혹가다가 그녀는 침대에서 그런 말을 했다.

"만일 그럴 생각이면 빨리 말해 줘. 헤어져 줄게. 그렇지만 그냥은 못 넘어가. 자기에 대해 전부 말해 버리겠어. 우리 회사 사람에게도, 자기 회사 사람에게도. 물론 부인에게도. 그리고 위자료도 받을 거야. 자기는 나랑 결혼한다고 했으니까. 나, 정말 대단한 변호사를 알고 있거든. 각오해 둬."

이런 식으로 말하는 그녀의 표정은 악마 그 자체였다. 나오키는 등허리가 서늘해지는 느낌에 사로잡힌 채 결코 헤어질 생각이 없다고 서둘러 말하곤 했다.

하루라도 빨리 무슨 방도를 세워야 해, 최근 들어 그런 생각이 뇌리를 떠나지 않았다. 후유코의 인내가 한계에 도달했다는 것을 느끼고 있었다.

나오키는 열쇠를 바라보며 생각했다. 설마 그런 짓을 할 줄이야.

후유코의 방에서 뭔가가 움직이는 것이 보였다. 나오키는 유심히 지켜보았다. 낯선 중년 남자가 머뭇거리는 듯한 몸짓으로 방에 들어가는 참이었다. 남자 뒤에 선 사람은 미네무라였다. 남자는 감색 작업복 같은 것을 입고 있었다. 아마도 관리인일 것이다.

두 사람은 파이프 행어를 조심스럽게 눕혀 후유코의 몸을 내렸다. 그 다음은 베란다의 창틀에 가려 보이지 않았다. 그러나 곧 관리인이 일어서더니 문을 열고 나갔다. 표정이 험악했다.

그 다음에 미네무라가 일어났다. 휴대 전화를 귀에 대고 나오키 쪽을 바라보았다.

나오키의 휴대 전화가 울렸다. 그는 통화 버튼을 누르자마자 미네무라가 말할 틈도 주지 않고 다급하게 물었다.

"어때?"

"잘은 모르겠지만 늦었을지도 모르겠습니다. 숨도 쉬지 않고 맥도 잡히지 않습니다."

미네무라의 목소리가 어두웠다. 건너편에서 그는 고개를 젓고 있었다.

"그래……."

"지금 관리인이 병원과 경찰에 연락을 하러 갔습니다."

"알았어. 미안하네."

"아닙니다. 저…… 커튼은 어떻게 할까요?"

"커튼?"

"그냥 열어 두어도 괜찮겠습니까?"

"아, 닫아 주게."

"알았습니다."

전화를 끊은 후 나오키는 미네무라가 커튼을 닫는 것을 바라보았다.

그러고는 크게 숨을 내쉬며 자리에서 일어섰다. 온몸이 납처럼 무거웠다. 이대로 도망쳐 버리고 싶었다. 그러나 그렇게 할 수 없었다. 곧 경찰이 이곳으로 올 것이다. 충실한 미네무라이니만큼 그들에게 결코 거짓말은 하지 않을 것이다.

그 전에 해 두어야 할 일이 있었다. 그는 방을 나서서 거실로 갔다. 미네무라가 말한 대로 세이코는 소파에 앉아 있었다. 얼굴이 새파랗게 질린 채.

"여보, 건너편 아파트에서."

"응, 나도 알아."

나오키는 숨을 골랐다. 그러나 그럴수록 호흡은 더 거칠어질 따름이었다. 거칠게 숨을 몰아쉬며 그는 말했다.

"꼭 해 두어야 할 말이 있어."

세이코가 마른침을 삼키는 것을 알 수 있었다.

3

좀 묘하긴 하지만 사건이라고 할 만한 일은 아니라고 오다 형사는 생각했다. 적어도 살인 사건은 아니다. 불륜 상대를 골탕 먹이려던, 살짝 맛이 간 여자가 자살한 데 지나지 않았다. 감식 결과도 수상쩍은 점이 없었고, 무엇보다 자살한 순간을 목격한 사람도 있다.

다만 한 가지 마음에 걸리는 게 있다면 목격자 가운데 한 사람이 바로 그 불륜 상대라는 것인데, 그런 그도 여자가 자살하는 순간에 자신의 방에 있었다는 사실이 제삼자의 증언으로 밝혀졌다. 그가 여자의 자살에 어떤 작용을 했을 가능성은 없었다.

그래도 수사에는 늘 확인이 따라다니는 것이라 다른 목격자는 없는지 조사할 필요가 있었다. 오다는 자신만큼 의욕이 없는 후배 형사를 거느리고 705호를 방문했다. 바로 옆 706호에는 죽은 여자의 불륜 상대인 스가와라 나오키가 산다.

인터폰을 누르자 주부로 보이는 여자의 목소리가 들렸다. 오다는 자신의 신분을 밝혔다.

문이 열렸다. 삼십 대 중반으로 보이는 자그만 여자가 얼굴을 내밀었다. 경찰이라는 말을 들어서 그런지 표정이 굳어 있었다. 무리도 아니다.

오다는 경찰수첩을 내보이고 어젯밤의 사건을 알고 있느냐고 물었다. 사건 이후 약 열두 시간이 흘렀다. 지금은 오전 아홉 시가 넘었다.

"순찰차가 달려오고 소란스러웠다는 건 알지만요."

여자는 불안한 표정으로 대답했다. 안색이 안 좋아서 그런지 약간 신경질적으로 보였다. 이웃 주부들과 하릴없이 수다를 떠는 타입은 아닌 것 같았다.

"건너편 아파트에 사는 여자가 자살을 했습니다."

오다가 그렇게 말하자 그녀는 눈을 동그랗게 떴다. 요즘 세상에 자살 정도에 이렇게 놀라는 사람이 있을까, 오다는 왠지 이상하다는 생각을 했다.

"그 아파트의 창이 이쪽에서 보일 겁니다. 그래서 혹시 댁에서 뭔가를 목격하지 않았나 해서 말입니다."

말을 하면서도 참 어리석은 질문이라고 오다는 생각했다. 사건에 대해서조차 모르는데 뭔가 봤을 리가 없지 않은가. 옆에 선 후배 형사는 벌써 시선을 다른 곳으로 돌리고 있다.

그러나 오다의 말을 들은 주부의 반응은 그의 예상을 뒤엎었다. 놀란 듯 입을 벌린 채 눈을 바쁘게 깜박거리는 것이 아닌가.

"왜요?"

오다가 물었다.

"저, 그 여자라는 사람."

그녀는 한 손으로 가슴을 살짝 누른 채 말을 이었다.

"목을…… 매었습니까?"

오다는 후배 형사와 시선을 마주쳤다가 다시 그녀를 바라보았다.

"그런데요. 어떻게 목매어 죽었다는 걸?"

"저, 그건 딸이……."

"딸이?"

"예. 우리 딸이, 저, 그…… 딸이."

거기까지 말하고 그녀는 고개를 숙였다.

"그렇지만 이런 걸 형사님께 말해도 될지 모르겠어요. 단순한 우연이겠지만."

그런 말을 듣고 궁금해하지 않을 사람은 없다.

"무슨 일인데 그러십니까? 어떤 거라도 좋으니 편안하게 말씀해 주시죠."

그녀는 잠시 망설이는 듯하더니 머뭇머뭇 입을 열었다.

"딸애가 이상한 말을 하는 겁니다. 건너편 아파트에 사는 여자가 목을 매달아 자살하는 걸 봤다고요."

"봤어요? 언제 일인데요?"

"그게…… 딸이 그런 말을 한 게 이틀 전 아침입니다."

"이틀 전?"

형사 둘은 다시 서로의 얼굴을 바라보았다.

4

"예지, 라는 건가. 그래서 신비주의 사건 담당 구사나기 형사가 불려 나온 게로군."

조수석에서 유가와 마나부가 놀리듯 말했다. 시트를 뒤로 눕히고 긴 다리를 꼬고 있다. 검은색 아르마니 셔츠를 입고 검은 선글라스를 끼고 있었다. 도저히 물리학자로는 보이지 않는 패션이었다.

"특별히 나를 부른 건 아냐. 관할 지역에서 그런 정보가 들어왔기에 조사해 보는 것뿐이야."

핸들을 돌리면서 구사나기가 대답했다.

"관할 경찰에서는 어떻게 판단하고 있어?"

"아무런 판단도 하지 않아. 굳이 말하자면 단순한 우연이라고 해석하는 듯해. 사건 자체가 자살로 거의 결론이 난 모양이야."

"자살이라는 점에는 의심의 여지가 없다는 거네."

"아무것도 없어. 해부에서도 의심스러운 건 나오지 않았으니까."

"자살과 타살, 목을 매는 방식에 차이가 있다고 하던데."

"물론 그 점에서도 문제가 없어."

"그럼 내버려 두면 되잖아. 자네는 살인 사건 담당일 텐데. 매일 수도 없이 많은 사람이 죽어. 이런 일로 드라이브를 즐길 입장이 아니잖아?"

"나도 그렇게 생각했지만 어쩐지 마음에 걸리는 게 있어서."

"자네가 마음에 걸리고 안 걸리고는 자유지만 나까지 끌어들이는 건 곤란해. 학생들의 말도 안 되는 리포트를 채점하느라 바쁜 몸이니까."

"너무 그러지 마. 내가 이런 사건에 흥미를 가지게 된 것도 다 자네 영향이니까. 신비주의 냄새가 물씬 풍기는 사건을 과학적으로 해결하려다 보면 의외의 진리가 드러나니까."

"자네에게 과학적인 진리라는 말을 들으면, 21세기에 희망을 걸어도 될 것 같은 기분이 드니 참 신기하기도 하지."

구사나기의 애마 스카이라인이 현장에 도착했다. 간선 도로에 면하여 높은 아파트들이 늘어서 있었다.

"자, 어디서부터 접근해 볼까."

차에서 내려 구사나기는 마주 보는 두 건물을 올려다보았다. 건너편 왼쪽 갈색 건물에 세토 후유코가 자살한 집이 있고 오른쪽 하얀 건물에 후유코의 불륜 상대가 사는 집이 있다. 예지 소녀도 하얀 건물에 산다.

"어느 쪽이든 자네 좋을 대로 해. 나는 그냥 차에서 기다리고 싶은 심정이니까."

"좋아, 예지 소녀 쪽으로 가 보지."

구사나기는 유가와의 팔을 잡고 걸어가기 시작했다.

705호는 이즈카라는 성이었다. 일 층 정면 현관에 있는 인터폰에 대고 구사나기가 이름을 대자 잠시 틈을 두었다가 들어오라는 말과 함께 자동문이 열렸다.

"예지 소녀를 알현해도 좋다는 허락이 내린 모양이로군."

엘리베이터 안에서 유가와가 말했다.

"크게 상관은 없지만 웬만하면 선글라스 좀 벗을 수 없을까. 형사인 내가 잘 보이려고 애쓰는데 자네가 찬물을 끼얹으면 안 되잖아."

"예지 소녀라면 인간의 본질을 꿰뚫어 보는 능력을 가지고 있을 거야."

그렇게 말하고 유가와는 선글라스를 벗더니 본래의 금테 안경을 걸쳤다.

705호의 열 평 정도나 되는 거실로 안내되었다. 구석에 피아노가 놓여 있었다. 대리석 테이블을 둘러싸듯 놓여 있는 소파에 구사나기와 유가와가 나란히 앉았다.

그들을 안내해 준 여자는 이즈카 도모코라고 했다. 남편과 딸, 세 식구인 듯했다. 남편은 도쿄의 모 유명 레스토랑에서 주방 일을 맡고 있다고 한다.

"딱히 새로운 문제가 생긴 건 아니고 단지 확인하려는 차원에서 찾아왔습니다. 바쁘실 텐데 정말 죄송합니다."

구사나기는 고개를 숙였다.

"괜한 말을 한 것 같아요. 우리가 입을 다물고 있었더라면 좋았을 것을……. 남편도 그런 일을 경찰에 말하면 오히려 수사에 방해만 된다고 나무랐습니다."

"아닙니다. 무엇이 단서가 될지 모르니까 뭐든 이야기해 주시는 게 가장 좋습니다. 그런데 따님이 집에 있다고 들었습니다만."

"예, 지금도 있습니다. 선천적으로 심장이 좋지 않아서 입원과 퇴원을 반복하고 있습니다."

"아, 그렇습니까. 잠깐 만나 볼 수 있을까요?"

"그건 괜찮지만 너무 자극적인 말은 삼가 주시면 고맙겠습니다. 방금 말했듯이 몸이 너무 약한 애라서 조그만 일에도 그만 발작을 일으킬 수 있으니까요."

"그건 잘 알겠습니다. 조심하지요."

"그리고 또 하나 부탁이 있습니다."

"뭔데요?"

"우리 애에 대해서 절대로 매스컴에는 말하지 마세요. 사건을 예지했다고 요란을 떨면 곤란하니까요."

있을 법한 일이다. 소녀가 예언했다는 사실을 알면 온갖 매체의 기자들이 이 집으로 몰려올 것이다.

"알았습니다. 절대로 매스컴에는 알리지 않겠습니다. 약속하지요."

"부탁드립니다. 그럼 이쪽으로."

이즈카 도모코의 안내로 구사나기 일행은 복도 구석에 있는 방 앞으로 갔다. 거기서 일단 도모코만 방 안으로 들어갔다. 잠시 후 방문이 열렸다. 들어오세요, 하고 그녀가 말했다.

네 평 정도의 방이었다. 귀여운 꽃무늬 벽지가 보였다. 창가에 나무 침대가 놓여 있고 거기에 열 살 정도의 여자 애가 누워 있었다. 소녀는 어머니의 도움을 받아 상반신을 일으켜 앉았다. 긴 갈색 머리에 피부가 하얀 소녀였다.

"안녕하세요."

소녀가 인사했다. 구사나기가 인사를 받자 유가와도 가볍게 고개를 숙이고는 문 옆에 섰다. 구사나기는 유가와가 어린아이를 싫어한다는 사실을 알고 있다.

"무서운 걸 봤다던데?"

소녀는 그를 올려다보며 고개를 까딱했다.

"언제?"

"이번 주 화요일 밤에. 그렇지만 자정이 지났을지도 모르니까 수요일이라고 해야 할지도 몰라요."

화요일에서 수요일에 걸친 심야 시간이었던 모양이다. 사건 발생 사흘 전인 셈이다.

"어떻게 보았는데?"

"밤중에 눈이 뜨여 별이라도 보려고 커튼을 열었거든요. 그랬더니 건너편 아파트 방에서 여자가 이상한 행동을 하는 게 보였어요."

"어느 방?"

"저 방이에요."

소녀는 커튼을 젖히고 창밖을 손가락으로 가리켰다.

구사나기는 허리를 구부려 소녀의 가느다란 손가락 끝이 가리키는 쪽을 보았다. 녹색 커튼이 걸린 창이 보였다.

"이상한 행동이라면 어떤 거?"

"철봉 같은 데 끈을 묶고 그 끈 끝에 고리를 만들어서 거기에 목을 넣고……."

소녀는 말꼬리를 흐렸다.

"그런 다음?"

구사나기가 재촉하자 소녀는 고개를 숙였다.

"그 자세로 의자 같은 데서 뛰어내리는 듯이 보였어요."

구사나기는 유가와 쪽을 돌아보았다. 유가와는 무덤덤한 표정으로 한쪽 눈썹을 실룩 움직였다.

"그 다음은?"

구사나기가 다시 소녀에게 물었다.

"그 다음은…… 잘 모르겠어요."

"모르다니……."

"저, 우리 아이 말로는 너무 충격적인 장면이라 그만 정신을 잃고 말았다고 합니다. 그리고 우리가 그 말을 들은 것은 다음 날 아침이었습니다."

이즈카 도모코가 곁에서 설명을 덧붙여 주었다.

"아, 그랬군요. 그래서 부모님은 어떤 조치를?"

"이야기를 듣고 깜짝 놀라서 바로 그 방을 보았습니다. 딸이 한 말이 사실이라면 서둘러 경찰에 연락을 해야 하니까요."

"그랬더니 뭐가 보였습니까?"

구사나기의 물음에 이즈카 도모코는 작게 한숨을 내쉬고 고개를 저었다.

"언뜻 보기에는 거기서 그런 일이 일어난 것 같지 않았습니다."

"목을 매단 시체는 없었다는 말이군요."

"그렇습니다. 그 방의 여자가 베란다를 오가는 모습이 보였습니다. 어디다 전화를 거는 듯 웃고 있었고요."

구사나기는 소녀에게 물었다.

"너도 그 여자를 보았니?"

소녀가 고개를 끄덕였다.

"지난밤에 보았던 목을 매단 여자와 같은 사람이었니?"

"그랬던 것 같아요."

"흠."

구사나기는 팔짱을 끼고 미소를 지었다.

"정말 이상한 이야기로군."

"이 애가 꿈을 꾸지 않았나 싶어요. 자주 그래요. 꿈에서 본 것을 현실의 일과 섞어서 우리에게 이야기하기도 하거든요."

역시 꿈이었던가. 그러나 현실과 꿈이 이렇게 일치할 수 있을까. 꿈이 아니라면 소녀가 본 것은 과연 무엇이었을까.

구사나기는 다시 유가와를 바라보았다.

"물어볼 거 없어?"

유가와는 문에 기대어 잠시 생각하더니 입을 열었다.

"그 여자의 얼굴과 옷이 또렷이 보였니?"

"보였어요. 빨간 옷을 입었던 것 같아요." 하고 소녀가 대답했다.

"아, 그랬구나."

유가와는 고개를 끄덕이고 구사나기를 바라보았다.

"다 됐어?"

"아, 됐어."

물리학자는 산뜻하게 말했다.

소녀를 남겨 두고 세 사람은 거실로 돌아왔다. 구사나기는 이즈카 도모코에게 이웃집 스가와라 나오키에 대해 몇 가지 질문을 했다. 그러나 도모코는 아는 게 거의 없었다. 이웃 간에 교류가 거의 없는 듯했다.

그녀에게 인사를 하고 구사나기는 유가와와 함께 집을 나섰다.

5

"어떻게 생각해?"

아파트를 나서자마자 구사나기가 물었다.

"자네 생각은?"

유가와가 반문한다. 늘 이런 식이다.

"잘 모르겠어. 그렇지만 그 여자 아이를 보니 그런 일도 있을 법하다는 생각이 들어. 몸이 약한 사람이라 감각이 예민하지 않을까."

"다시 말해 예지몽이란 말이지."

"그럴지도……."

"그렇다면 그대로 처리하면 되겠네. 그 소녀는 건너편 아파트에 사는 여자의 자살을 예지했고 그것이 현실로 일어났다고, 그러면 되잖아. 아무 문제도 없네, 뭐."

그렇게 말하고 유가와는 자동차 쪽으로 걸어갔다.

"어이, 어디 가는 거야?"

"돌아가려고. 예지몽으로 결론이 났으니 내가 나설 필요가 없잖아."

이 친구는 매사에 왜 이리 삐딱한지 모르겠다는 생각을 하며 구사나기는 아까처럼 팔을 잡았다.

"우리 같은 일반인은 쉽게 신비를 받아들이는 경향이 있어. 그것을 막는 것이 바로 과학 아니겠어? 자, 가지."

구사나기는 그의 팔을 잡고 걸어갔다. 이번에는 왼쪽의 갈색 아파트를 향하여.

관할 경찰서에 부탁해 두었기에 관리실에서 세토 후유코의 아파트 열쇠를 빌릴 수 있었다. 실질적인 첫 발견자인 관리인은 지금도 그 방 가까이 가는 것을 싫어해서 구사나기와 유가와 둘만 가게 되었다.

"예지몽이란 확률의 결과라고 할 수 있어."

아파트로 향하는 도중에 유가와가 말했다.

“자네는 사람이 하룻밤에 꿈을 몇 번 꾼다고 생각해?”

“글쎄, 생각해 본 적이 없어서.”

흠, 하고 콧소리를 내더니 유가와가 말했다.

“꿈을 보는 것은 렘수면 동안이야. 렘수면기는 하룻밤에 다섯 번 정도 찾아와. 그 사이에 꽤 많은 꿈을 꾸지. 그 속에는 또 몇 가지의 주제가 포함돼. 그리고 사람은 밤마다 잠을 자. 그렇다면 어느 한 사람이 한 달 동안 꿈속에서 보는 에피소드는 방대하다고 해야겠지. 그 가운데 현실의 사건과 비슷한 것이 있다고 해도 이상하지 않다고 봐야 해.”

“그렇지만 나는 꿈을 안 꿔. 꿔 봐야 고작 하나 정도야.”

“그렇게 생각하는 건 꿈을 거의 잊어버리기 때문이야. 기억하는 건 오로지 잠에서 깨기 직전에 본 것뿐이지. 그렇지만 잊었던 꿈의 내용을 기억해 내는 경우도 있어. 현실에서 비슷한 사건이 일어나 자극을 받는 경우가 그렇지. 그러면 아, 이건 언젠가 꿈에서 본 적이 있다고 기억을 떠올려. 그와 동시에 현실에서 일어나지 않은 방대한 꿈들은 기억에서 사라지고. 꿈을 꾼 기억조차 사라지고 말지. 자네처럼 말이야.”

“그렇지만 아까 그 여자 애는 실제로 자살 사건이 일어나기 전에 예지를 했어. 어떤 사건을 접한 후에 꿈의 내용을 기억해 낸 것이 아니고.”

“하긴 그랬지. 그래서 다음 후보로 등장하는 것이 예언자의 테크닉이란 거야."

"그건 또 무슨 말인데?"

"일단 예언을 많이 하는 거지. 꿈에서 본 내용을 가능한 한 많은 사람에게 이야기해. 이즈카 씨도 말했잖아. 그 애가 꿈에서 본 것을 현실과 섞어 이야기하는 경우가 많다고."

"아, 그런 말을 했었지."

"예언을 많이 해 두면 개중에는 맞는 것도 나오니까. 예언자는 알아맞힌 것만을 강조하는 거지. 그러면 예언을 들은 사람은 그것만을 기억하고 다른 예언은 잊어버려. 사이비 예언자가 자주 사용하는 테크닉이야."

"그 애가 그런 테크닉을 사용했다는 건가?"

"의식적으로 사용한 거라고는 하지 않았어. 결과적으로 그렇게 되었을 가능성이 높다는 것뿐이야."

이야기하는 사이에 세토 후유코의 집 앞에 도착했다. 구사나기는 열쇠로 문을 열었다.

실내는 관할 경찰서에서 조사했을 때의 모습 그대로였다. 그렇다고는 하지만 별로 조사할 것도 없었다는 것이 관할 경찰서의 보고였다.

넓이는 다섯 평 정도. 자그만 부엌이 달린 원룸이었다. 수납 가구가 벽에 붙어 있고 모든 게 잘 정리되어 있었다. 침대는 더블. 그 위에서 몇 번인가 스가와라 나오키와 정사를 벌였을 것이다.

침대 옆에 파이프 행어가 서 있었다. 소녀가 말했듯이 철봉 같은 모양이었다. 문득 옛날에 문틀 사이에 거는 철봉이 있었지, 라는 사실을 구사나기는 떠올렸다. 그것과 비슷하게 생겼다.

폭은 육칠십 센티미터 정도나 될까. 파이프의 굵기는 오륙 센티미터. 가로 파이프를 움직여서 높낮이를 조절하게 되어 있다. 자전거 안장의 높이를 조절하는 것과 같은 원리로 안쪽 파이프에 몇 개의 구멍이 뚫려 있고 그것을 바깥 파이프에 파인 구멍에 맞춰 나사를 끼우는 방식이다.

지금은 최대 높이에 맞춰진 것 같았다. 행어를 거는 파이프는 바닥에서 2미터 정도 높이였다.

"끈이 안 보이는데." 하고 유가와가 말했다.

"관할 경찰서의 감식반이 가지고 갔대. 세탁물을 너는 비닐 끈을 짧게 자른 것이라고 해."

"물으나마나겠지만 목에 난 상흔과 일치하겠지."

"물론이지. 경찰을 너무 바보 취급 하지 마."

목이 졸려 죽은 사람과 목매달아 죽은 사람의 시체는 목에 난 흔적이 완전히 다르다. 법의학의 기초 상식이다.

유가와는 팔을 뻗어 행어 위쪽의 파이프를 잡더니 가볍게 몸을 실어 보았다.

"역시 생각한 대로 튼튼해."

"죽은 여자의 체중은 약 사십 킬로그램. 별 문제 없을 거야."

"디딤판으로 사용한 게 저건가?"

유가와가 발아래 구르고 있는 화장용 의자를 가리켰다.

"그렇다고 해."

구사나기는 보고서의 내용을 떠올리며 대답했다.

유가와는 뭔가 깊이 생각하는 표정으로 창가로 다가가서 녹색 커튼을 젖혔다. 바로 눈앞에 건물이 보인다. 정면이 스가와라 나오키의 방이고 그 옆이 이즈카 도모코의 방이다.

"역시 우연의 일치인가."

유가와의 등을 향해 구사나기가 말했다.

"그렇게 생각하고 싶긴 하지만 간과할 수 없는 사항이 몇 가지 있어."

"어떤 거?"

"그 애가 파이프 행어를 철봉 같은 거라고 한 말. 즉, 그 애는 파이프 행어라는 것의 존재를 모르고 있어. 여자가 목매달아 자살하는 꿈을 꾼 것까지는 좋아. 그렇지만 아무 관련도 없는 철봉이라는 것이 등장한다는 게 마음에 걸려."

"그러고 보니 그렇기도 해."

"그럼 추리 게임을 한번 해 볼까."

유가와는 침대에 걸터앉아 다리를 꼬았다.

"여자 애가 본 것이 꿈이 아니라 현실이라고 가정해. 그 경우 어떤 것을 생각해 볼 수 있을까?"

"생각할 수 있는 것은."

구사나기는 일어서서 팔짱을 끼었다.

"사흘 전에도 여자는 목을 매 자살을 시도했어. 그렇지만 그때는 실패로 끝나고 말았다는 거야."

"자네, 이즈카 씨의 말 기억 안 나? 다음 날 여자는 방긋방긋 웃으며 전화를 하고 있었어. 자살에 실패한 인간의 모습치고는 부자연스럽지 않아?"

"그건 그렇지만……."

"뒤집어서 말하면 그렇게 명랑하던 여자가 그 이틀 후에 자살을 시도했다는 것도 부자연스럽다고 해야겠지."

아, 구사나기는 저도 모르게 소리를 내고 말았다.

"듣고 보니 그러네."

"웃으면서 전화를 하던 여자와 목을 매달아 자살한 여자, 어느 쪽이 진짜 얼굴일까. 이번 사건은 바로 거기에 해결의 실마리가 감추어져 있다고 봐야 할 거야."

"그야 물론 목을 매단 쪽이겠지. 농담으로 자살하는 사람은 없을 테니까."

구사나기의 말에 유가와의 표정에 약간의 변화가 일어났

다. 다문 입에 힘을 주더니 손가락으로 안경을 밀어 올렸다.

"농담으로 자살. 의외로 그게 진실인지도 모르겠어."

"이봐, 이 세상에 농담으로 자살하는 사람이 있을까?"

"그렇다면 이렇게 말해 보지. 농담으로 목을 매단다. 다만, 죽을 생각은 없다."

흡, 구사나기는 순간 숨을 멈추었다. 생각지도 못한 말이었다.

"연극이란 말이지?"

"있을 수 없는 일인가?"

유가와는 눈을 치켜뜨며 물었다.

"아냐, 충분히 있을 수 있는 일이야."

구사나기는 보고서의 내용을 떠올리고 있었다.

"세토 후유코는 당장 부인을 바꿔 주지 않으면 자살하겠다고 스가와라를 협박했어. 스가와라는 단순한 위협이라 여기고 그 말을 듣지 않았고. 그런데 세토는 정말로 목을 매달았어. 이건 정말 웃기는 이야기잖아. 불륜 상대인 남자에 대한 감정 때문에 죽어 버리겠다고 말하는 여자는 많겠지만 진짜로 죽는 여자는 거의 없다고 봐야 할 거야."

"바로 거기에 하나의 트릭이 감추어져 있다고 한다면."

유가와는 검지를 세웠다.

"그것은 목을 매달아도 죽지 않는다는 트릭이지. 여자는 남자를 협박하기 위해서 그 트릭을 그가 보는 앞에서 해 보이기로 한 거고. 그런데 한 가지 문제가 있었어. 그 트릭을 쓰려면 연습과 준비가 필요했던 거야."

"그런가. 그것이 사건 사흘 전에 목격된 자살 시도란 말이지?"

구사나기는 손가락을 튕겼다.

"리허설이라고 보면 될 거야."

"그렇다면 세토 후유코가 죽은 것은 자살이 아니라 사고였던 셈이군. 어떤 원인으로 그 트릭이 실패하고 말았고."

"지금까지의 추리로 보면 그렇게 되겠지."

유가와는 묘한 여운을 남겼다.

"그런데 그 트릭이란 도대체 어떤 것이었을까? 어떤 장치가 있었다면 감식반이 찾아냈을 텐데."

"당연히 그럴 테지. 어떤 장치가 그대로 남아 있었다면."

"에?"

구사나기는 유가와의 얼굴을 빤히 들여다보며 물었다.

"무슨 뜻?"

"경찰이 오기 전에 누군가가 장치를 없애 버렸을 가능성도 있지 않을까?"

"누군가가……."

"그 트릭을 세토 후유코 혼자서 만들지 않은 것만은 분명해."

유가와는 단정적으로 말했다.

"여자 아이의 이야기를 다시 한 번 떠올려 보자고. 깊은 밤인데도 방 안에서 또렷이 보였다고 하잖았어? 세토 후유코는 위장 자살 리허설을 건너편 아파트에 있는 누군가에게 보여주고 있었어."

"그 방에 있는 사람이라면 스가와라 나오키의 아내인 세이코……."

"그 사람이라면 장치를 회수할 수 없지."

"그것도 그래. 그렇다면……."

구사나기의 머릿속에서 사건 관계자의 이름이 떠올랐다. 시체의 발견자는 아파트의 관리인과…….

"세토 후유코의 자살을 관리인에게 알리고 같이 방으로 들어간 남자. 미네무라라는 남자인데 스가와라의 후배야. 그 남자가 세토에게 협력했다는 말인가?"

"추리로는 그래."

"흠, 아주 그럴듯해. 좋아, 미네무라를 건드려 보지, 뭐. 자살을 위장하려다 사고로 죽고 말았다면 미네무라에게도 책임이 있으니까."

"구사나기."

유가와가 불렀다.

"서둘지 않는 게 좋을 거야. 이야기는 더 복잡할지도 모르니까."

"뭐라고?"

유가와는 일어서서 파이프 행어로 다가갔다. 그것을 멀뚱멀뚱 바라보다가 구사나기 쪽으로 눈길을 돌렸다.

"위장 자살의 실패 또한 계획이었을지도 모른다는 말이야."

6

연구실을 나서는데 누가 뒤에서 어깨를 툭 쳤다. 돌아보니 동료 한다가 웃고 있었다.

"그 ER 유체를 활용한 재활 장치가 제품화된다는 말을 들었어. 정말 다행이야."

"아, 벌써 알고 있구나. 소문도 참 빠르지."

미네무라 히데카즈도 웃으며 말했다.

"트레이닝머신도 잘 팔리니 자네 부서는 경사가 겹쳤어."

"아직 어떻게 될지 확실히는 몰라."

"아냐, 아주 대단해. 재활 장치에 눈길을 주다니 정말 놀라워. ER 유체의 응용 범위가 이렇게 넓을 줄은 미처 몰랐는걸.

미네무라 주임의 미래가 부러워."

두 사람은 역을 향하여 발걸음을 옮기기 시작했다.

그런데, 하고 한다가 낮은 목소리로 말을 걸었다.

"홍보실의 스가와라 말이야, 그만둔다고 해."

"으응……?"

"그런 일을 당했으니 회사에 남아 있기도 뭣할 거야. 그렇지만 그 사람 아무 문제 없어. 돈이 많은 집안이니까. 먹고사는 데는 지장 없을 거야."

한 사람의 인생을 심심풀이 땅콩으로 여기는 듯한 어투였다. 그는 스가와라 나오키가 미네무라의 선배라는 사실을 모르고 있었다.

연애를 할 때는 서로 조심해야 하는 거야, 한다는 빙긋빙긋 웃으며 말을 이었다.

그와 헤어진 후, 미네무라는 신주쿠로 갔다. 손님들이 많이 드나드는 커피숍이 오늘의 약속 장소였다.

세이코는 구석에서 두 번째 테이블에 앉아 있었다. 선글라스를 쓴 것은 혹시라도 아는 사람을 만날까 봐서일 것이다. 미네무라가 다가가자 살짝 웃었다.

"오늘 내고 왔어."

그녀가 짧게 말했다.

"내고 오다니……?"

"이혼 신청서."

"아."

미네무라는 작게 고개를 끄덕였다.

"마침내 냈어."

"다음은 자기야."

"그렇지."

미네무라는 블랙커피를 마셨다. 쓴맛이 입 안으로 퍼져 나갔다. 세토 후유코를 만난 것은 두 달 전이다. 그녀 쪽에서 접근해 왔다.

그녀는 나오키와의 관계를 먼저 말한 다음 미네무라와 세이코가 불륜 관계라는 사실을 안다고 했다. 나오키의 이웃으로 이사를 와서 그의 주변을 조사하다가 알게 된 것 같았다.

"하지만 걱정 안 해도 돼요. 현재로서 나는 나오키 씨에게 두 사람 관계를 고자질할 생각은 추호도 없으니까요."

후유코는 마치 비즈니스 상대를 대하듯 말했다.

두 사람에 대해 말하면 나오키는 세이코와의 이혼을 심각하게 고려할지도 모른다. 그러나 그래서는 아무런 의미가 없다고 그녀는 말했다.

"나오키 씨가 나를 택하기 위해 스스로 아내와 이혼해 주기를 원해요. 적어도 그가 이혼을 입에 담는 첫 번째 이유가 내가 아니라면 싫거든요."

늘 자신을 중심에 두지 않으면 성이 차지 않는 사람이라는 것을 미네무라는 꿰뚫어 보았다.

그렇지만, 그녀는 말을 이었다.

"내가 두 사람에 대해 잘 알고 있다는 사실을 잊지는 마세요. 그리고 내 소망이 빨리 이루어질 수 있게 많이 도와주셔야 해요. 당신도 나오키 씨가 빨리 이혼하는 게 좋지 않나요? 혹시나 싶어 말해 두겠는데 나의 존재를 알았다고 해서 세이코 씨가 이혼을 제기하는 일은 절대로 없도록 하세요. 만일 그런 일이 발생한다면 난 나오키 씨에게 두 사람의 관계를 밝히고 말 테니까요. 그건 아마 미네무라 씨한테 바람직한 일이 아닐 테죠."

미네무라에게 아내가 있다는 것도 세토 후유코는 벌써 조사해 두었음에 분명했다.

"그리고 또 한 가지. 말할 필요도 없는 것이지만 나오키 씨가 이혼을 입에 담기 시작하면 무조건 세이코 씨가 그것을 받아들이도록 해야 해요. 위자료 같은 걸 청구하지 않게 미리 충고해 두는 것도 잊지 말고. 그 아파트를 나가야 할 사람이 세이코 씨여야 한다는 것도. 그는 그냥 남을 거예요. 그것만 지켜 준다면 난 두 사람에 대해 입을 다물 테니까요."

스가와라 부부 쌍방이 바람을 피우는데 이건 너무 한쪽에만 유리하지 않느냐고 미네무라가 항의하자 그녀는 의외라는 듯 눈을 동그랗게 떴다.

"물론 양쪽 다 부정한 행동을 하고 있지만 나오키 씨의 상대인 내가 독신이란 사실을 잊지 마세요. 세이코 씨의 불륜 상대인 당신에게는 부인이 있잖아요. 이른바 더블 불륜이라는 것이죠. 그리고 이렇게 내가 찾아오지 않았더라면 당신은 나오키 씨에게 애인이 있다는 사실도 몰랐을 테지요. 내가 그에게 당신에 대해 말하고 그것 때문에 이혼에 이르게 된다면 세이코 씨는 오히려 위자료를 지불해야 할지도 몰라요. 그걸 생각하면 나에게 오히려 감사해야 할걸요."

세토 후유코는 마치 큰 은혜라도 베푸는 듯이 말했지만 당연히 그녀 나름대로 계산이 있음에 분명했다. 자신과 나오키의 관계가 발각되어 이혼 문제로 비화되는 것보다는 먼저 밝혀서 주도권을 쥐고 싶었을 것이다.

그리고 자신과 살기 위한 목적으로 나오키가 이혼해 주기를 바라는 것은 진심인 것 같았다. 그것을 미네무라가 안 것은 위장 자살의 의논 상대가 되어 달라고 했을 때였다.

그때까지 그는 몇 번이나 세토 후유코를 만났다. 주로 정보 제공이었다. 나오키가 이혼을 신청할 마음이 없다는 것을 알고 그녀는 화가 나 있었다. 위장 자살은 참다못해 생각해 낸 마지막 카드 같은 것이었다.

"조금 겁을 주어야 할 것 같아요. 나를 다루기 쉬운 여자로 생각하는 듯하니까."

그렇지는 않을 거라고 생각하면서 미네무라는 그녀의 이야기를 듣고 있었다.

그녀의 의도는 당장 이혼하자는 말을 부인에게 하지 않으면 자살할 것이라고 나오키를 협박하는 것이었다. 말만으로는 믿어 줄 것 같지 않으니까 창 너머로 그 광경을 보여 주고, 그래도 그가 이혼하려 하지 않으면 실제로 자살을 결행한다.

"물론 죽을 마음은 없어요. 그에게 충격을 주면 되니까요. 그래서 죽지 않으면서 정말로 자살하려는 것처럼 보일 수 있는 방법을 생각 중이에요. 좋은 방법이 없을까요?"

정말 유치한 계획이었다. 세토 후유코라는 여자는 일에서는 사려 깊고 냉정하다는 평가를 받고 있지만 사랑 문제에서만은 제정신을 못 차리는 타입인 것 같았다.

위장 자살이 성공할 것 같지는 않았다. 미네무라는 스가와라의 성격을 잘 안다. 그의 마음은 오래전에 후유코를 떠난 것 같았다. 후유코는 이성을 잃고 말 것이다. 격정에 사로잡혀 미네무라와 세이코의 관계를 나오키에게 고자질할 위험이 아주 크다.

그렇게 되면 나오키가 얼마나 분노할지 불을 보듯 뻔했다. 오랜 세월 친분을 유지해 온 후배에게 배신당한 것이다. 나오키는 모든 수단을 동원하여 미네무라를 파멸시키려 할 것이다. 당연히 미네무라의 아내에게도 모든 것을 밝힐 것이다.

미네무라에게 세토 후유코라는 존재는 모든 재앙의 뿌리였다. 언제 싹을 내밀지 모를.

하룻밤 내내 고민한 끝에 내린 결론은 싹을 틔우기 전에 처리한다는 것이었다.

"다음 주에 이사할 거야."

세이코는 그렇게 말하고 밀크티를 마셨다.

"살 곳은 정해 두었어?"

"일단 친정으로 돌아갈 거야. 부모님이 돌아오라고 해."

"잘 생각했어. 아파트는 어떻게 하고?"

"부동산 중개업자 말로는 사건의 기억이 흐려질 때쯤에 내놓으면 된대. 위치도 좋고 넓으니까 칠천만 엔 정도는 받을 수 있대."

"그래?"

미네무라는 고개를 끄덕였다.

이번 이혼으로 세이코는 상당한 위자료와 함께 아파트와 차를 손에 넣었다. 매달 생활비도 받기로 되어 있다. 세토 후유코가 살아 있었으면 절대로 손에 넣을 수 없는 행운이다.

모든 것이 계획대로 되었다. 세이코의 말대로 남은 문제는 미네무라가 어떻게 아내와 이혼하느냐는 것뿐이다.

그러나 가장 중요한 부분에서 계획이 크게 뒤틀리고 말았다.

어젯밤의 일이다. 아내 노리코가 미네무라 앞에 몇 장의 사진을 내밀었다. 그녀의 표정은 험악하게 굳어 있었다.

"뭔데?"

그가 물었다.

"잠자코 보기나 해."

그녀는 무덤덤하게 사진을 앞으로 내밀었다.

그는 사진을 집으려 손을 뻗었다. 몇 초 후 그는 숨을 딱 멈추었다. 얼굴에서 피가 빠져나가는 기분이었다.

"이건……."

"탐정을 고용했거든."

억양이 없는 목소리였다.

"요즘 들어 당신 행동이 너무 이상해서. 솔직히 말하면 이전부터 의심하고 있었어. 다른 여자가 있는 게 아닐까 하고. 그런 예감이 맞아떨어지지 않기를 얼마나 빌었는지 몰라."

미네무라는 사진에서 눈길을 떼지 못했다. 아무리 진정하려 애써도 손이 저절로 떨렸다.

"상대 여자는 스가와라 씨의 부인 맞지? 당신에게 도움을 준 선배의 부인을 빼앗다니 너무 뻔뻔스럽다는 생각 안 들어?"

"잠깐. 이건 그럴 만한 사정이 있어서 그래."

"하긴 사정이 있겠지. 그렇지만 지금은 듣고 싶지 않아. 모든 건 재판정에서 해."

"재판정?"

"오타 선생님께 의논할 생각이야. 내 힘으로는 도저히 안 될 것 같으니까."

노리코는 단호한 어투로 말했다. 오타 선생이란 그녀의 아버지와 친분이 있는 변호사이다.

"이봐, 노리코. 어쨌든 우리 이야기 좀 해. 재판이라니, 그런……."

"불륜만의 문제가 아냐."

"뭐……."

"불륜으로 해결될 문제가 아니라는 거야."

그렇게 말하고 그녀는 미네무라가 들고 있는 사진들 가운데 한 장을 빼냈다.

"이 여자, 누구야? 스가와라 씨의 부인은 아니지?"

미네무라는 대답할 말이 없었다. 온몸에서 식은땀이 배어 나왔다.

"탐정 사무실 사람이 그러대. 이 사람은 얼마 전에 자살했다고. 게다가 스가와라 씨의 애인이었다고. 나도 신문으로 확인한 사실이야. 그런데 왜 당신이 그런 사람하고 같이 있어? 사진은 이것만이 아니야. 당신이 이 여자의 방에 들어가는 장

면도 찍혔어. 그것도 그녀가 자살하기 직전에. 대체 무슨 일이야?"

미네무라는 대답하지 못했다. 자신의 전공인 재료 공학 분야에서는 얼마나 참신한 아이디어를 떠올렸던가. 그런 그가 변명할 말 한 마디 떠올릴 수 없었다.

"나 오늘 친정으로 갈 거야."

사진을 집어 들고 노리코는 자리에서 일어섰다.

미네무라는 어떻게든 그녀를 잡아 두어야 했다. 그러나 꼼짝도 할 수 없었다.

"내일 드라이브라도 가지 않을래?"

빈 커피잔을 바라보며 미네무라는 세이코에게 말했다. 내일은 토요일이다.

"좋아. 하지만 사람들 눈에 띄면 안 좋을 텐데."

"조심하면 아무 문제도 없어. 이즈 부근에서 일박 어때?"

"정말? 그럼 지금부터 서둘러 쇼핑을 해야겠네. 입고 갈 옷이 없어. 당신과 처음 떠나는 여행이니까 좀 차려입어야지."

7

데이도 대학 공학부 물리학과 제13연구실. 구사나기가 문을 열고 들어섰을 때 흰 가운 차림의 유가와는 파이프 행어의 높이를 조절하는 중이었다. 세토 후유코의 방에 있던 것과 같은 행어였다.

"아, 벌써 일을 벌였군."

"마침 잘 왔어. 막 준비가 갖추어졌어. 실험 전에 인스턴트 커피라도 한잔할까?"

"아니, 됐어. 바로 시작하지 뭐."

"성질도 급하군."

유가와는 쓴웃음을 짓고 파이프 행어를 가리켰다.

"좋아. 그럼 그 파이프에 매달려 봐."

"이렇게?"

구사나기는 두 손을 뻗어 파이프 행어를 잡았다. 그 자세로 다리를 들어올리려 했다. 그때 파이프가 천천히 아래로 내려오기 시작했다. 세로 파이프가 아래로 미끄러지는 것이다. 결국 그는 발을 바닥에서 뗄 수도 없었다.

"뭐야, 높이를 조절하는 나사가 빠진 거 아닌가?"

"딩동댕. 그렇다면 자네가 매달리기 전에는 왜 아래로 내려

가지 않았을까?"

유가와는 빙긋 웃으며 말했다.

"아, 알았다. 스프링 장치!"

"그거였다면 자네가 손을 뗌과 동시에 파이프는 원래 위치로 돌아가야 하지 않을까? 보면 알겠지만 파이프는 내려간 채 움직이지 않고 있어."

"정말 그러네."

구사나기는 한 손으로 파이프를 잡고 아래쪽으로 힘을 가했다. 거의 아무런 저항도 없이 파이프는 아래로 미끄러졌다.

"어찌 된 일이야?"

"이런 장치가 되어 있으니까."

유가와는 작업대에서 길이 수십 센티미터 정도 되는 막대기를 집어 들었다. 중간 부분에서 굵기가 달라졌다. 굵은 부분의 지름은 오 센티미터, 가는 부분은 삼 센티미터 정도 되어 보였다.

"뭐야, 그건? 피스톤 같아 보이는데."

"댐퍼(흡진기)라는 놈이야. 그쪽에서 한번 밀어 봐."

그렇게 말하고 유가와는 봉의 가는 쪽 끝을 구사나기 쪽으로 내밀었다.

구사나기가 손가락으로 밀자 가느다란 봉은 천천히 굵은 봉 안으로 밀려 들어갔다.

"한천을 미는 것 같은 기분이네."

"진동을 흡수하는 장치야. 이 실린더를 움직이는 데는 그리 큰 힘이 들지 않아. 그렇지만 빨리 움직일 수는 없지. 이 안에 든 액체의 점성을 이용한 거야. 물속에서는 공기 속보다 움직임이 둔해지는 것과 같은 원리라고 보면 돼."

"그 댐퍼라는 걸 이 파이프에 장치해 두었다는 건가?"

"세로 파이프에 장치해 둔 거지. 아주 약한 힘이라면 아무런 변화도 안 일어나지만 체중을 걸면 실린더가 안으로 밀려 들어가서 파이프가 아래로 내려가게 돼."

"아하!"

구사나기는 파이프를 멀뚱하니 바라보았다.

"세토 후유코는 이걸로 스가와라를 협박하려 한 거로군. 파이프에 밧줄을 걸고 목을 매달지만 목이 졸리기 전에 파이프가 아래로 내려가게 되어 있으니까 발이 바닥에 닿아 죽지 않고."

"장난치고는 정말 재미있는 트릭이야. 건너편 아파트의 창 너머로는 베란다에 가려 발아래가 보이지 않을 테니까 발이 바닥에 닿은 것을 못 봐. 실제로는 파이프가 아래로 미끄러지지만 멀리서 보면 알 수가 없어. 그러니 보는 사람은 기겁을 하고 말겠지."

"사건 사흘 전에 여자 애가 목격한 것은 그 실험이 잘되었을 때의 모습이었군."

"아마도 그럴 테지."

그날 밤 스가와라 나오키가 출장을 가고 없었다는 것은 확인된 사실이다. 아마도 미네무라는 스가와라의 집에 가서 후유코의 리허설을 지켜보는 관객 역할을 했을 것이다. 당연히 세이코도 가담했을 것이다.

"그렇지만 이것을 어떻게 실패하도록 할 수 있을까? 자네 추리로는 미네무라가 의도적으로 실패하게 만들었다는 것인데."

"바로 거기서 미네무라의 실력이 발휘되었다고 해야겠지."

유가와는 파이프 행어의 높이를 원래 위치로 되돌렸다.

"그럼 다시 한 번 매달려 봐."

"아까와 똑같이?"

"그래."

"똑같은 걸 뭣 하러 해."

"시키는 대로 해 보라니까 그러네."

"바보가 되는 기분이야, 이건."

구사나기는 아까처럼 두 손으로 파이프를 잡았다. 그리고 발을 들어올리려 했다. 어차피 파이프는 아래로 내려가려니 했다.

그런데 결과는 달랐다. 무릎을 구부리자 발끝이 바닥에서 떠올랐다. 파이프는 꼼짝도 하지 않았다.

"어, 이거 왜 이래?"

"그대로 있어 봐."

유가와가 어떤 스위치를 눌렀다.

왓! 구사나기가 탄성을 질렀다. 파이프가 아까처럼 내려가기 시작한 것이다.

"어떻게 한 거야?"

파이프 행어에서 내려와 구사나기가 물었다.

"이번엔 이거."

유가와는 예의 댐퍼 끝을 구사나기 쪽으로 향했다.

"밀어 봐."

구사나기는 손가락을 대고 밀려 했다. 그러나 실린더는 꼼짝도 하지 않았다. 움직일 것 같지도 않았다. 유가와가 댐퍼의 옆에 있는 스위치를 눌렀다. 그러자 실린더가 매끄럽게 움직이기 시작했다.

"어떤 장치를 한 거지?"

"ER 유체라는 거야."

"뭐?"

"정식으로는 일렉트로 레올로지 유체라고 해. 전압을 가하면 점성이 생기는 특성을 가진 유체를 말하는 거지. 알기 쉽게 말하면 평소에는 우유 같은 모습인데 전압을 조금 가하면

크림처럼 변해. 전압을 더 가하면 꽁꽁 언 아이스크림처럼 딱딱해져."

"그래서?"

"아까 댐퍼 속에 유체가 가득 들어있는 걸 봤잖아. 그 점성을 이용한 거라고. 보통의 댐퍼는 그렇지 않지만 이 댐퍼 안에는 ER 유체가 들어 있어. 그리고 전압을 가할 수 있게 되어 있어. 그러면 어떻게 될까. 지금 자네가 체험했듯이 스위치 하나로 절대로 줄어들지 않는 봉이 되어 버리는 거지."

"그럼 저 파이프 행어에도 같은 장치를 해 두었구나."

유가와는 작업대에 걸터앉아 팔짱을 끼었다.

"미네무라 히데카즈는 ER 유체에 관련된 특허를 여러 개 출원한 사람이야. 그의 주특기라 할 수 있는 분야지. 나의 추리는 이래. 세토 후유코에게는 보통의 댐퍼를 넣은 파이프 행어라 설명하고 위장 자살 방법을 가르쳐 주었어. 그런 다음 그녀가 목을 매달기 직전에 전파 등을 활용한 원거리 조작으로 댐퍼에 전압을 가한 거야."

"파이프가 내려가지 않아 정말로 목이 졸려 죽어 버린다, 그런 스토리로군."

"장치는 관리인이 없는 틈을 타서 회수했을 거야. 이걸 봐서 알 수 있듯이 부피가 그리 크지 않으니까 경찰이 오기 전까지 충분히 숨길 수 있어."

"흠, 정말 대단해. 완벽한 추리야."

그 말에 유가와는 빙긋 웃었다.

"증거는 아무것도 없어. 미네무라가 범인이라고 가정했을 때의 이야기일 뿐이지. 그 여자 애가 본 것이 예지몽이 아니라 현실이라는 전제에서 이끌어 낸 결론일 뿐이야. 동기도 찾아내야 할걸."

구사나기는 고개를 끄덕였다. 떨떠름한 표정을 지으며.

"세토 후유코와 미네무라 사이의 연결점을 찾을 수가 없어."

"그럼 포기해야지 뭐. 내가 할 수 있는 일은 여기까지."

"아냐, 포기하지 않아. 자네 추리를 듣고 확신을 가졌어. 아무리 시간이 걸려도 반드시 진상을 밝히고 말 테니까."

8

이즈카 도모코가 우편물을 들고 칠 층으로 올라오자 엘리베이터 앞에서 스가와라 세이코가 기다리고 있었다. 평소에는 거의 말을 주고받지 않지만 이렇게 마주 서고 보니 무시할 수도 없었다.

"아, 안녕하세요. 여행 가시는 모양이네요."

도모코가 그렇게 묻는 데는 이유가 있었다. 스가와라 세이코가 커다란 가방을 들고 있었기 때문이다. 차림새나 화장에서도 평소와는 다른 세심함이 엿보였다.

"예, 잠시 이즈 쪽으로."

"아, 그러세요. 정말 좋으시겠어요."

실례합니다, 하고 세이코는 엘리베이터에 올라탔다.

우리는 당분간 여행은 무리라고 도모코는 생각했다. 딸을 치료하는 게 우선이다.

집으로 들어와서 그녀는 먼저 딸의 방으로 들어갔다.

"왔어, 엄마?"

딸은 천사 같은 미소를 머금고 말했다.

"잘 잤니?"

"잠들었다가 깼어."

"그랬구나."

"엄마, 또 이상한 꿈을 꿨어."

딸의 말에 도모코는 우울해지고 말았다. 얼마 전의 자살 사건이 머릿속에서 떠나지 않았다. 그러나 내색을 하지 않고 물었다.

"어떤 꿈?"

"옆집 아주머니가 나왔어."

"옆집?"

방금 보았던 스가와라 세이코의 깔끔한 얼굴이 떠올랐다.

"그 아주머니 아래로 떨어져."

"떨어져?"

"응, 남자랑 같이 깊고 어두운 계곡 같은 데로 떨어져."

불길한 예감이 도모코의 가슴속을 가로질렀다. 그러나 그녀는 그런 생각을 애써 떨쳐 버렸다.

"그만 잊고 다시 자."

도모코는 딸에게 이불을 덮어 주었다.